La part des anges

Patrice SALSA

La part des anges

© 2012 Auteur Patrice Salsa. Tous droits réservés.

Édition : BoD – Books on Demand, info@bod.fr
Impression : BoD – Books on Demand, In de Tarpen 42, Norderstedt (Allemagne)
Impression à la demande
Dépôt légal : **juin 2015**

ISBN : 978-2-3220-1870-3

Plus les âmes sont rebelles
Plus leurs peines sont cruelles

Philippe Quinault
Alceste ou Le triomphe d'Alcide
tragédie lyrique de Jean-Baptiste Lully
1674

Mon amour, mon ami
Je ne peux vivre sans toi
Mon amour, mon ami
Et je ne sais pas pourquoi

Paroles d'Eddy Marnay
Musique d'André Popp
Interprétée par Marie Laforêt
1967

Si je dois tomber de haut
Que ma chute soit lente

Mylène Farmer
Désenchantée
1991

I

Tu veux bien ?
...
Tu veux pas ? Tu veux vraiment pas ?
Peut-être... J'sais pas.
Tu sais pas si tu veux ?
Oui. Enfin non. J'sais pas. Je voudrais vouloir. Oui, c'est ça que je veux.

Kevin est en haut, tout en haut. Au dernier niveau du plongeoir. D'en bas, on peut croire qu'il va toucher la verrière. Qu'il va s'envoler, faire exploser le plafond de verre qui retombera en pluie de glace. De gros éclats effilés de glace, transparente, pointue, tranchante. Une pluie comme une plaie d'Égypte. Qui transpercera, déchirera, déchiquettera les baigneurs bruyants. Le bleu insouciant de l'eau se teintera de rouge, le silence se fera, les corps transpercés, déchirés, déchiquetés couleront au fond, les vagues deviendront vaguelettes, puis ondulations, et simples frissons. À la fin, plus rien ne troublera l'eau rouge marbrée de violet. Kevin se sera envolé dans le ciel gris, laissant derrière lui un bain de sang. Inscrivez-vous à la piscine des Haulières : sa pataugeoire, son petit bain, son grand bain de sang. Dans le ciel gris, une étincelle bleu roi. C'est le Speedo de Kevin, qui paraît peint sur sa peau.

Kevin s'envole, se casse en deux au niveau du bassin, puis s'ouvre comme un compas. C'est une flèche blanche avec un cercle bleu roi qui perce l'eau, sans la froisser, sans laisser de blessure, sans écume.

Kevin, quand il plonge, il est mortel.

Jordan n'attend pas que Kevin revienne à la surface, qu'il ouvre l'eau par-dessous. Il ramasse sa serviette et s'en va vers les douches. Il voudrait pouvoir fermer les yeux tout de suite, pour se rejouer la séquence du bain de sang. C'est comme ça qu'il va l'appeler, celle-ci. Le bain de sang.

Tu es cinglé, Jordy. Tu es malade, tu vas te rendre malade.

L'eau, glacée, ne coule plus.
Non, je ne serai pas malade. Ça ne me fait rien. Ça ne peut rien me faire.
C'est plus froid dedans encore.
Et bien moi dedans, c'est chaud, sacrément chaud même. Tu as vu qu'elle était là.
Oui bien sûr qu'il a vu qu'elle était là. Depuis la rentrée, elle est presque toujours là.
Est-ce que tu as vu si elle a regardé, pour le saut ?
Qu'est-ce que j'en sais moi, si elle a regardé ? J'avais trop de sang dans la tête pour voir si elle te regardait faire la flèche blanche et bleue.
Alors, elle a regardé ou pas ?

Tu réponds quand tu veux, Jordy.
Mais Jordy ne répond pas. Kevin ne s'impatiente pas, d'habitude. Jordy, il a toujours fait comme ça. Presque jamais, il ne répond de suite. Même si tu lui demandes des trucs cons comme s'il a faim, s'il veut un verre de Coca, s'il veut faire une partie de *Prince of Persia*. Mais là, Kevin, il voudrait que Jordan réponde immédiatement. Merde, c'est important, cette fois.
Des fois, tu fais chier, Jordy.
Kevin et Jordan se connaissent depuis toujours. Depuis toujours, ils vivent dans la même tour. Ils ont le même âge à une semaine près. Il n'y a que Kevin qui l'appelle Jordy. Personne d'autre. Les autres n'ont pas le droit.

Kevin tourne les talons, s'arrête face au mur pour pendre sa serviette à une patère. Il ne sursaute pas quand une main glacée se pose sur son épaule. Il n'est pas surpris, il savait que Jordy ferait ça. Ma bite à couper qu'il ferait comme ça. Sacré Jordy.

Oui, elle a regardé. Et même, avec ses copines, elle a applaudi.
C'est vrai ? Tu charries pas ?
Elles ont toutes applaudi, mais c'est elle qui a applaudi la première. C'est elle qui a entraîné les autres.
Jordy, tu sais quoi ? Je me demande si je ne devrais pas prendre une douche glacée, moi aussi. Je crois que je suis en train de fusionner à l'intérieur.
Pas fusionner, Kev, fondre, on dit.
OK, ben moi je vais aller fondre sous la douche.

Il n'y a que Jordan qui peut l'appeler Kev. Juste lui, les autres n'ont pas le droit.

Jordan se sèche en attendant Kev.

Il voudrait ne pas regarder, mais il ne peut pas. Il faut qu'il regarde, qu'il s'étonne, encore, qu'il s'émerveille, toujours, du Speedo humide, lisse et brillant, tellement ajusté qu'il se confond avec sa peau.

Kevin aime le bleu. Il n'aime que le bleu, et encore, pas n'importe quel bleu. Pas le bleu de la marine, de la police et des petites filles sages en jupe plissée. Pas le bleu turquoise des mamies aux cheveux violets. Non, le bleu qu'il aime, c'est le bleu des rois, et ses diverses tonalités… Ça lui a plu, ça, quand il a découvert le nom de ce bleu-là. Ce bleu qui lui plait depuis toujours. Le bleu roi est aussi le bleu des reines et des princesses. C'est une des nuances de ce bleu-là qu'il y a dans les yeux d'Alison.

Alison c'est sa princesse. Est-ce qu'elle a vraiment regardé quand il a plongé ? Quand il a fait ce saut parfait. Parfait, parce que l'espace du saut, il n'a fait qu'un, un avec l'air, avec l'eau, avec le temps du saut. Exactement comme il est écrit dans *Zen in the Art of Archery*. C'est pas des conneries. Et puis, aussi et surtout, il a fait un avec lui-même. C'est pas facile de faire un avec soi-même, enfin pour lui. Est-ce que c'est difficile pour tout le monde, ou simplement pour quelques-uns ? Jordy, par exemple, il donne toujours l'impression qu'il fait un avec lui-même sans problème. Est-ce qu'il a un truc pour ça ? Est-ce qu'il s'entraîne ? Ou bien est-ce que c'est en lui de faire un avec lui-même ? Est-ce que c'est sa nature ? Il faut que je lui demande, ce soir. Jordy, est-ce que c'est facile pour toi de faire un avec toi-même ? C'est une sacrée putain de question à la con, ça. Mais avec Jordy, il n'y a pas de questions à la con. Bon, parfois y'a pas de réponse non plus, mais c'est pas grave. C'est ça qui est bien avec Jordy. C'est pour ça que Jordy et lui, c'est pour la vie.

Alison retient son souffle. Le dieu va plonger. Son dieu va s'élancer, et se mettre à voler comme un missile sous la verrière, puis après quelques virevoltes élégantes, les bras le long du corps, il va venir sur elle comme un trait, guidé par sa tête chercheuse. Sans se poser, il la prendra contre lui, la ravira au cercle de ses copines. Devant eux montant en chandelle, la verrière s'ouvrira comme une fleur de givre et en quelques instants, ils ne seront plus pour les baigneurs médusés qu'un point de lumière dans le ciel de l'hiver. Ils n'auront pas froid, son dieu diffuse une aura de chaleur. Il n'y a pas d'hiver là où se trouve son dieu. Plus tard elle saura voler aussi. Son dieu lui donnera ce pouvoir. Les dieux sont comme ça, ils partagent leur divinité avec ceux qu'ils aiment. Quand il l'emportera, il faut qu'elle pense à faire un signe de la main à Solveig, un au revoir. Solveig ne sera pas surprise. Elle sera heureuse pour elle. Solveig sait tout d'Alison.

Son dieu ne s'est pas envolé. Tel un pieu blanc cerclé de bleu, il a pénétré l'eau. C'était rapide, mais pas violent. D'ailleurs, dans le bassin, on ne voit même pas l'endroit où il a pénétré l'eau. Son dieu ne saurait être violent. Il est vif, furtif, insaisissable, mais pas violent. Alison serre les cuisses. Elle croit que la chaleur de son ventre est un feu que tout un chacun peut voir. Mais non, qu'elle est bête. Personne ne peut savoir. Il n'y a que Solveig, parce qu'elle lui a dit, ce que ça lui faisait de voir son dieu s'enfoncer comme un pieu dans ce bassin cyclopéen. Comment son dieu, maître de l'air et de l'eau, savait si bien porter le feu en elle. Car maintenant, il évolue sous l'eau, c'est une torpille. Car l'eau est son élément aussi, comme l'air. Il les domine, s'en joue et s'en sert, comme il convient à un dieu.

Du coin de l'œil, elle voit l'autre qui s'éloigne du bassin, sans attendre que Kevin ne fasse surface.

Castor et Pollux, on les appelle. Un des deux est immortel, c'est la prof de français qui l'a expliqué. Mais elle ne se souvient plus lequel. Aucune importance, celui qui est immortel, c'est son dieu, forcément.

Cador et Police, comme disent les jaloux. Cador parce qu'on a toujours l'impression qu'il se donne des airs, et Police, à cause du bleu, évidemment.

Jordan et Kevin. Elle les connaît. Ils sont dans son lycée. Jordan est même dans sa classe.

Le père de Kevin est en Australie.

Parfois un homme s'installe, pour quelques jours ou quelques semaines, chez eux. Ça dépend du temps qu'il faut à cet homme pour comprendre que la mère de Kevin n'attend rien de lui. Qu'elle n'est pas là. Qu'elle est ailleurs, dans un lieu où il n'ira jamais, où il n'est pas invité, où il serait de trop, parce qu'il n'y a pas de place pour lui dans ce lieu-là. Dans ce lieu-là, il n'y a pas de place pour grand monde. Parfois, il n'y a même pas de place pour Kevin. Quand arrivent ces moments où il n'y a pas de place pour lui dans le lieu de sa mère, Kevin s'en va. Il quitte la maison pour vivre quelques jours chez Jordan, deux étages plus haut. C'est moins fréquent depuis deux ou trois ans, mais quand même, cela arrive, quatre ou cinq fois dans l'année, quand elle oublie, ou décide, de ne pas prendre ses pilules.

Un de ces hommes, qui s'installent pour quelques jours ou quelques semaines, a essayé la violence. Un pas bien malin. Un qui n'a pas senti, instinctivement comme les autres, que cette femme-là, elle n'était pas du côté des victimes, pas de la race de celles qui se laissent faire, qui encaissent, qui prennent des coups sans les rendre, malgré les pilules.

Un qui s'est réveillé un soir, entravé sur le lit, émergeant nauséeux d'un sommeil de mort – les pilules, c'est redoutable quand on n'a pas l'habitude, surtout mélangé au whisky – avec le canon d'un petit pistolet automatique posé juste entre les deux yeux. Un pistolet tenu par une main qui ne tremblait pas, et au-dessus un visage comme un masque, figé comme un masque, un masque tragique avec un œil cerné d'un vilain hématome et une lèvre largement fendue. Et d'une voix qui ne tremblait pas non plus, le masque a dit : Je vais te détacher, tes affaires sont dans ton sac dans l'entrée. Tu vas les prendre, sortir, et disparaître de ma vie. Tu as compris ? Tu m'as bien compris ? L'autre a bredouillé, se pissant dessus de voir la jointure de l'index blanchir sur la détente de la petite arme de poing. Quatre minutes plus tard, il était au pied de la tour et se faisait embarquer par un car de police, dans lequel son teint livide, son état comateux, ses propos incohérents, son haleine alcoolisée, son odeur d'urine et le Batman en caoutchouc trouvé dans une poche de son blouson ne produisirent pas une bonne impression.

Un car de police qui n'était pas là tout à fait par hasard.

Dans la journée, la mère de Kevin était d'abord allée faire constater ses blessures par un médecin, puis munie d'un certificat d'incapacité totale de travail de cinq jours — foulure du poignet — elle avait déposé une plainte au commissariat, précisant que le responsable la menaçait de bien pire encore à son retour dans la soirée. Et pour faire bonne mesure, elle avait laissé entendre que le salaud avait eu des gestes déplacés envers son fils de sept ans, exprimant, en larmes, l'opinion que ce pervers qui appâtait ses victimes avec des figurines représentant des super-héros méritait une bonne leçon. Moyennant quoi, le car de police fit une petite pause d'une demi-heure dans le parking désert en sous-sol du centre commercial. Une demi-heure, c'est long, pour un passage à tabac à la matraque, surtout quand on est à moitié étouffé par un Batman en caoutchouc enfoncé dans la bouche.

Sur le rapport, il fut consigné que le suspect, particulièrement agité, avait violemment résisté à son interpellation, ce qui justifiait sans peine deux côtes fêlées, trois doigts cassés à la main droite et ses testicules tuméfiés.

Pourquoi son père est en Australie, et ce qu'il y fait, ça, Kevin ne le sait pas.

Enfin pas avec précision. Le père de Kevin s'est rendu en Australie parce qu'il a gagné un voyage dans une loterie organisée par le supermarché voisin. Il est allé seul aux antipodes parce que la mère de Kevin n'a pas voulu l'accompagner, elle travaillait et lui était au chômage. Le voyage était pour deux personnes, alors il est parti avec un copain à lui, que la mère de Kevin connaissait à peine. Le séjour devait durer dix jours, mais le père de Kevin n'est jamais rentré. C'est tout. Il n'a pas donné de nouvelles non plus. Un an et demi après, la mère de Kevin a fini par obtenir une recherche dans l'intérêt des familles, et un inspecteur désinvolte lui a déclaré que l'enquête était allée vite. Le père de Kevin vivait à Sydney. Il s'y était marié, était père d'une petite fille, et son épouse légitime – l'inspecteur avait eu une façon particulièrement odieuse d'appuyer sur ce mot – était de nouveau enceinte. C'est tout, l'inspecteur n'avait pas le droit d'en dire plus, le père de Kevin, qui n'avait enfreint aucune loi, n'ayant pas souhaité que ses coordonnées soient communiquées à quiconque. Kevin avait fêté ses six ans la veille.

Trois jours plus tard, la mère de Kevin, aidée par la mère de Jordan, déposa toutes les affaires de son ex compagnon sur la pelouse mitée devant la tour où elles demeuraient, au pied d'un forsythia en fleur, en signifiant aux quelques témoins que chacun était libre de se servir. La nouvelle se répandit rapidement dans la petite cité, mais pas assez vite pour que les derniers curieux trouvent encore quelque chose à emporter quand ils arrivèrent devant le buisson d'un jaune éclatant.

Pour ses dix ans, Kevin reçut une carte d'anniversaire accompagnée d'une photo de son père portant deux petites filles blondes dans ses bras. Sa mère y mit le feu avec un briquet, attendant sombrement qu'elle soit entièrement consumée dans le cendrier de cristal. Kevin, qui avait déjà vu sa mère menacer un homme attaché avec un revolver, trouva qu'elle réagissait plutôt bien. Il déchira la carte de vœux ornée de koalas et descendit rejoindre Jordan pour aller faire du *skateboard*. Franchement, qu'est-ce qu'il en avait à foutre de son père et ses koalas à la con ?

Jordy lui explique que les koalas sont des marsupiaux se nourrissant exclusivement de feuilles d'eucalyptus. Kev décrète que ses habitants sont encore plus cons que l'Australie et que c'est bien fait pour sa gueule si elle s'est fait ravager par les lapins. Puis la conversation dérive sur le point de savoir si le Surfer d'Argent est plus fort que les 4 Fantastiques réunis. On finit par conclure que oui, puisque c'est Galactus qui l'a créé. Puis les deux gamins partent à toute berzingue sur leur planche à roulettes, essayant d'adopter la pose élégante et virile du héros super-métallisé sur son *surf*, quand il slalome entre les planètes du système solaire.

Jordan a une sœur, Kasia. Une petite sœur de quatre ans sa cadette. C'est la fille de son beau-père, Czeslaw. Une demi-sœur, donc. Une sœur utérine, comme dit le dictionnaire. Czeslaw a épousé la mère de Jordan un an après être venu lui annoncer que son mari, dont il était le camarade sur un chantier, venait de passer sous un *bulldozer*. Enfin, il ne l'a pas dit exactement comme ça. Czeslaw est polonais, et son français à l'époque était encore frustre, hésitant et râpeux. Il dit que quelque chose de trrrrès grrrrave était arrivé. Puis comme la mère de Jordan s'est mise immédiatement à pleurer, il l'a prise dans ses bras, a commencé à la bercer et à lui parler doucement en polonais. Jordan, un pouce dans bouche, regarda longtemps ce géant – qui lui évoquait un de ces ours blonds du Canada vus la veille dans un reportage animalier – serrer sa mère entre ses grosses pattes en lui jouant à l'oreille, en sourdine, une musique chaude, caressante et mystérieuse.

Jordan s'occupe beaucoup de Kasia, depuis qu'elle est revenue vivre avec eux. Il la fait manger, il lui essuie la bave et la morve de son visage. Il lui fait les marionnettes et les ombres chinoises, et elle glapit de joie. Lui seul parvient à la calmer facilement quand elle pique un de ses accès de rage, quand elle se griffe les joues et s'arrache les cheveux.

Kasia est atteinte du syndrome de Down. Gogole, comme on dit dans la cité.

Jordan aime beaucoup son beau-père, un timide maladroit dont la rudesse pataude dissimule une vraie gentillesse. Jordan lui a appris à lire et à parler correctement le français, au fur et à mesure de sa propre scolarité, et souvent la mère souriait de voir penchés ensemble, sur les livres et les cahiers, son géant blond et le lutin brun que lui a laissé son premier amour, mais elle a fait en sorte que jamais Czeslaw ne prenne la place du père de Jordan. Bon, c'était un accident, il n'y a aucun doute là-dessus, un regrettable accident, mais c'est quand même Czeslaw qui conduisait le *bulldozer*. Parfois, elle y repensait, en les regardant chahuter sur la carpette devant la télévision, l'ours blond faisant semblant d'être dominé par le petit garçon. Quand l'enfant, épuisé et hors d'haleine finissait par se coucher sur le titan terrassé les épaules au sol, elle entendait qu'il lui parlait doucement en polonais. Une litanie comme une berceuse, pleine de ferveur avec par moments des pointes presque angoissées. Czeslaw, inlassablement, remercie Święty Stanislaw, Święty Metody, Święty Cyryl et la bienheureuse Vierge Marie de lui avoir permis de racheter son péché. Le jour de l'accident, comme tant d'autres, il avait un demi-litre de vodka dans l'estomac, et rien de plus. Le père de Jordan aussi, d'ailleurs, seulement lui, il était du mauvais côté du *bulldozer*. Quand la mère de Jordan a accepté sa demande en mariage, Czeslaw a fait le vœu de ne plus boire une goutte d'alcool. Et il a respecté ce vœu.

C'est dur pour Czeslaw, de ne plus boire d'alcool du tout, surtout la nuit, quand il se réveille en sursaut, après avoir entendu, une fois de plus, les chenilles du *bulldozer* passer dessus le père de Jordan. L'horrible craquement de la cage thoracique du père de Jordan. Enfin c'est dans son rêve, car le jour où l'accident s'est produit, Czeslaw n'a rien entendu, le vacarme du *bulldozer* couvrait tout autre bruit, même les cris de ceux qui à quelques mètres assistaient à la scène. Mais dans son rêve, il n'y a personne d'autre que lui, sur son *bulldozer* ; dans son rêve, il n'y a rien d'autre que le silence brisé par ce craquement.

Après les treize ans de Jordan, ces luttes pour rire ont cessé, et sa mère s'en est inquiétée, pensant que peut-être son fils commençait obscurément à en vouloir à son beau-père, mais Czeslaw lui a expliqué que c'était normal, que Jordan cessait d'être un petit garçon pour devenir un homme, et que certains jeux qui amusent les petits garçons n'intéressent plus les jeunes gens.

C'est à peu près aussi à cette époque que Jordan a cessé d'accompagner Czeslaw à la messe dominicale. Même à la piscine, ils y vont moins souvent ensemble, maintenant. Czeslaw y emmène seul Kasia qui adore barboter des heures dans la pataugeoire, bien à l'abri dans le cercle de tranquillité que la stature de son père maintient autour d'elle.

L'autopsie ayant mis en évidence une alcoolémie élevée, et l'employeur n'ayant manqué à aucune de ses obligations, la mère de Jordan n'a pas reçu grand-chose en compensation de la mort de son premier mari.

Jordan revient du lycée, c'est un jour où il n'a cours que jusqu'à quinze heures. Sa mère est sortie faire quelques courses, on entend Kasia qui babille dans sa chambre, et Czeslaw, comme tous les jours où il est de l'équipe du matin, après s'être douché, dort la bouche ouverte sur le canapé, devant la télé dont le son est presque coupé. Tout doucement, sans faire de bruit, Jordan entre dans le salon pour récupérer le dernier numéro de *Strange* qu'il y a laissé la veille. Czeslaw a un bras replié sous la nuque, et sa masse imposante déborde presque du divan un peu avachi. Son autre main est posée sur sa légère bedaine que laisse découverte son *T-shirt* remonté, parmi les poils blonds et soyeux. Czeslaw grogne et marmonne dans son sommeil et Jordan s'immobilise. Il s'en voudrait de le réveiller. Attendant sans un geste que son beau-père replonge dans un sommeil moins agité, Jordan le détaille, et une chaleur violente et subite lui monte au visage. Sous le bas du survêtement de Czeslaw, quelque chose d'énorme palpite et tressaille. Jordan quitte le salon à pas de loup, renonçant à son magazine. Une fois dans sa chambre, les oreilles en feu, il descend la fermeture éclair de ses pantalons, il libère son sexe tendu du slip qui le comprime et commence à se caresser, debout. Mais voilà que Kasia, qui l'a entendu arriver, l'appelle d'une voix joyeuse, alors il se rajuste et la rejoint, pour faire leur habituelle et interminable partie de petits chevaux. Plus tard, il entend Czeslaw se lever, et pisser longuement, avant de les rejoindre pour se mêler à la partie. Quand la mère revient, depuis le vestibule, elle les écoute quelques instants rire aux éclats. Dans la cuisine, elle découpe un quatre-quarts et le pose avec trois verres de lait sur un plateau qu'elle emmène dans la chambre de la petite pour un goûter joyeux.

J'y crois pas ! Mais comment t'as fait ?
Je leur ai juste demandé ; plutôt j'ai demandé à Solveig.
Solveig c'est la *goth* ?
Oui, elle est pas *goth*, plutôt *dark* je crois.
Bah, tout ça c'est corbac et compagnie. J'espère qu'elle va pas nous gaver avec ses trucs de *dark*.
T'es chiant, Kev. Non, elle va pas nous gaver avec ses trucs de *dark*. Cette fille, elle est plus drôle que tous les comiques du bahut. Faut voir comment elle répond aux profs, l'air de pas y toucher. On sait jamais si c'est du lard ou du cochon.
Du quoi ?
Laisse tomber.
Oui, je m'en tape. Alors, explique comment t'as fait ?

Ben à la fin du cours de math, avant la récré, je lui ai demandé, et elle m'a dit oui au début du cours d'histoire-géo.

Mais comme ça ? T'es allé lui demander et elle t'a dit oui ? Une fille à qui t'as jamais parlé tu lui demandes si elle veut bien aller au ciné avec nous et sa copine, et elle dit oui en dix minutes ? Une *dark* en plus. T'es sûr qu'elle a pas compris que tu l'invitais à un sacrifice humain ?

Je lui ai dit qu'on commençait d'abord par le ciné. Je lui avais déjà parlé.

Ah oui ?

Une fois qu'elle a manqué l'école, je lui ai passé mes cours pour qu'elle les recopie.

Ce que Jordan ne précise pas, c'est que Solveig est assez souvent absente.

C'est elle qui t'a demandé ?

Nan, c'est moi qui lui ai proposé.

Comme ça ? Pour ses beaux yeux cernés ?

Et aussi pour ses ongles peints en noir. Je la trouve sympa, c'est tout. Et puis elle est pas con.

Ça, Kevin sait ce que ça signifie. Pour Jordan, être pas con, ça veut dire se taper des bonnes notes.

Ah je vois, c'est une tête comme toi. Tu lui as passé tes cours par solidarité entre grosses têtes ? C'est de la logique de classe... T'es sûr qu'Alison va venir ?

Oui, pas de problème. À moins qu'elles annulent demain.

Mais tu lui as dit que je viendrai ?
Nan, j'ai dit que je viendrai avec Leonardo di Caprio.
Merde, va falloir que je me fasse un *brushing* avec des mèches. Donc samedi. Et pour voir quoi ?
J'ai proposé *X-Men 2*.
Et alors ?
Elle a dit que si c'était pas interdit aux moins de dix-huit ans, c'était OK.
C'est une marrante, celle-là.
Oui. Bref, j'ai menti.
Menti ?
Oui, j'ai dit que les films de boule, c'était pas trop notre truc. Donc ça sera *X-men*.
Ouf, j'ai eu peur que ce soit *La nuit mortelle des zombies de la mort au château de Dracula* ou une connerie dans ce genre-là.
Nan, celui-là, elle l'avait déjà vu.
Kevin se rue sur Jordan et lui bourre les côtes de petits coups de poing. Mais t'es con, qu'est-ce t'es con. Quand est-ce que t'arrêteras de te foutre de ma gueule.
Ils roulent sur le lit.
Jamais, hoquète Jordan, coincé sous Kevin qui pèse sur sa poitrine.
T'as d'la chance d'être mon frère, Jordy.
Oui, j'ai de la chance.
Non, fait Kevin dans un souffle. C'est moi qu'ai de la chance, une sacrée chance, même. Allez, viens, j'parie que j'te mets trois cents points dans la vue à *GTA*. Et après, y a le porno sur *Canal*. J'ai déjà la gaule.

Alison rentre du lycée. Il va falloir négocier la sortie au ciné de samedi. Pas avec sa mère. Sa mère dira, comme d'habitude, demande à ton père.

Ce n'est pas mon père.
C'est lui qui te fait vivre.
Alison se retient de ricaner. Elle pense, tu parles, ce qui nous fait vivre, c'est les alloc'.
Peut-être, mais ce n'est pas mon père.
Pourquoi tu l'appelles papa, alors.
Tu sais très bien pourquoi. Pour qu'il nous fiche la paix. Pour qu'il TE fiche la paix.

Deux ans auparavant, Alison a, sur un coup de tête, dérobé une bagatelle au centre commercial. C'est son beau-père qui est venu la récupérer, en larmes dans le bureau des vigiles décoré de *pin-ups* siliconées. Comme c'était la première fois, la police n'a pas été avertie.

Dans la voiture avec ses housses en fausse fourrure imitation panthère, Alison pleure doucement, elle a honte mais elle est aussi un peu inquiète. Gérard, qui se met facilement en rogne et qui dès lors ne peut pas prononcer une phrase sans gueuler et jurer, est curieusement calme. Déjà le simple fait d'avoir eu à se faire humble devant les vigiles, dont deux étaient noirs, devrait normalement déclencher une tempête d'invectives et de considérations ignobles sur les mœurs de ces babouins. Mais non, Gérard est calme, il conduit doucement, et Alison a l'impression qu'il sourit presque. Et c'est ça qui inquiète Alison.

Alison, tu me déçois. Ta mère aussi va être déçue.

Qu'est-ce que c'est que cette nouveauté ? Comme si la vie de Florence, depuis que Gérard l'a épousée, lui faisant trois gosses en quatre ans venant s'ajouter aux deux qu'elle a eu d'un premier mariage raté, n'était pas qu'une longue déception continue. Enfin c'est l'opinion d'Alison. Et surtout, pourquoi Gérard se préoccuperait-il subitement de la déception de Florence, alors qu'il a toujours semblé à Alison que sa distraction favorite – en dehors de la customisation de sa voiture – était justement de travailler à la mortifier autant qu'il le pouvait ?

Non pas que Gérard soit un brutal. Avec son mètre soixante-huit et ses soixante kilos, il ne peut pas se le permettre. Son terrain à lui, ce sont les paroles qui blessent, les mots qui râpent et brûlent, les insinuations barbelées qui enferment et écorchent, les remarques qui cinglent la chair vive imprudemment exposée, les affirmations assénées comme des coups de trique, les propos martelés jusqu'à l'abrutissement, les petites phrases acides corrodant la peau des dialogues les plus anodins et mettant à nu les muscles, les tendons, les os blancs et fragiles de la relation, les raisonnements vicieux qui prennent comme un collet et étranglent lentement jusqu'au coup de grâce.

Oui, ta mère va être très déçue.

Gérard range la voiture le long d'une chaussée mal éclairée et coupe le contact. Il sort de sa poche et contemple sans mot dire la copie carbonée du procès-verbal établi par les vigiles.

Tu sais quoi ? Je me demande si je ferais pas mieux d'aller la donner tout de suite aux flics, plutôt que d'attendre la prochaine connerie que tu vas faire. Qu'est-ce que tu en penses, Alison ?

Alison n'en pense rien. Ce qu'elle sait, c'est qu'il est en train de disposer autour d'elle les éléments d'un piège dont elle ne distingue pour l'instant que la menace qu'il représente. Elle l'a vu si souvent faire avec sa mère. Ne rien dire, ne rien faire. Tout mouvement ne ferait que la précipiter encore plus vite, tête baissée dans la chausse-trappe qu'il construit.

Pourquoi tu es allée voler ce rouge à lèvres, Alison ?
Tu crois que treize ans, c'est un âge pour se maquiller et ressembler à une pute ?

Alison se raidit. Elle a cessé de pleurer. Surtout ne pas répondre.

C'est ça, te maquiller pour ressembler à une petite pute vicieuse pour exciter les mecs.

Gérard se tripote nerveusement la braguette, et déglutit.

Une petite salope qui fait bouger ses seins pour allumer les hommes. C'est ça que tu es, Alison, une sacrée putain d'allumeuse.

D'un geste vif, Gérard s'empare de la main de la gamine et la plaque sur son entrejambe. Il maintient de force la paume ouverte d'Alison sur la bosse qu'il malaxe à travers elle. Il donne des petits coups de bassin pendant quelques secondes avant de se cabrer dans un râle étouffé, et Alison sent sous ses doigts qu'un liquide tiède et gluant suinte à travers le tissu.

Le con, pense-t-elle.

Gérard a posé son blouson sur son giron pour dissimuler ce qui macule ses pantalons. Avant de remettre le véhicule en marche, il a rangé soigneusement le procès-verbal dans son portefeuille.

Je vais garder ça pour l'instant. Ça s'ra notre petit secret à toi et moi. Mais je te préviens qu'à la première connerie que tu fais, je le donne au commissariat. Tu m'as bien compris, Alison ? Et une grosse connerie, ça s'rait d'ouvrir ta gueule, par exemple…

Il la dépose devant l'entrée de leur immeuble.

Monte, et dis à ta mère que je rentrerai un peu plus tard.

Alison regarde la voiture s'éloigner. Elle serre dans sa main le tube de rouge à lèvres qu'elle a volé pour l'offrir à sa mère dont c'est l'anniversaire demain.

Avec qui tu veux aller au ciné, Alison ?
Avec Solveig.

Elle est tarée, cette gamine, je te l'ai déjà dit, Alison.

Peut-être, mais c'est ma copine… Gérard.

Combien de fois va falloir que je répète de pas m'appeler comme ça ? Tu t'y prends très mal, Alison.

Mais Alison sait qu'elle ne s'y prend pas mal. Bien au contraire. Ça l'excite encore plus, ce gros porc, qu'elle résiste, avant de plier. Déjà, une pellicule de sueur apparaît au-dessus de sa lèvre supérieure, et elle voit qu'il retient sa main dans le geste automatique qui la porte à sa braguette.

Et il y aura qui d'autres, avec vous ?

Il est inutile de mentir, dans la cité, tout se sait un jour ou l'autre.

Deux copains du lycée.

Vos petits copains ?

Non, pas nos petits copains. Juste des copains.

Tu parles ! Petits copains ou pas, c'est pas ça qui va les empêcher de vous tripoter dans le noir.

Gérard se palpe maintenant convulsivement la braguette.

Je crois pas. Ce sont des garçons bien.

Tu parles ! Bien ou pas bien, ils vont vous tripoter les seins.

Si tu le dis.

Bien sûr qu'ils vont le faire. Et toi tu vas les laisser faire. Tu vas même les encourager.

La main masse frénétiquement par-dessus le tissu.

Viens me donner un bisou…

Alison se demande si elle a assez fait durer la conversation. Tout est dans le *timing*. C'était quand la dernière fois ? Il y a quatre, non, cinq jours. Ça devrait être bon.

Si tu veux aller au ciné, viens me donner un bisou. La voix est basse, haletante.

Alison s'approche.

Ça te plait hein, petite traînée, de te faire tripoter les seins dans le noir ?

De bisou, bien entendu, il n'est pas question. Alison ferme les yeux pendant que son beau-père pose sa main libre sur ses seins et les caresse à travers le pull léger.

Ouais, bien sûr que ça te plaît… La voix est rauque, la respiration courte, comme si l'homme luttait contre quelque chose. Il passe sa main sous le pull, tandis que l'autre tente maladroitement de baisser la fermeture Éclair de sa braguette. Au moment où sa paume touche enfin le soutien-gorge, il lâche un petit couinement suivi d'un long soupir.

Alison se recule. À côté de la braguette à moitié ouverte, une tâche humide s'élargit lentement.

Alison essaie de ne pas regarder. Quelle pauvre loque.

Gérard fuit son regard. Qu'est-ce que t'attends ? Va au ciné. Comme si tu faisais pas déjà ce que tu veux.

File-moi du fric… Papa.

Solveig est à table, avec ses parents. Elle ne mange pas, comme d'habitude. Ça va faire deux ans que c'est comme ça. C'est venu avec ses règles, qui ont coïncidé avec le déménagement. Au début, ses parents n'y ont pas fait trop attention, il y avait déjà tellement de bouleversements dans leur vie avec ce changement de résidence. Pourtant, ils sont restés dans la même ville. Ils ont simplement laissé le quartier résidentiel chic, la coquette villa et son grand jardin clos qu'ils y occupaient pour venir vivre dans la cité. Un autre monde. C'était provisoire, a assuré le père, avec mon *CV*, je ne vais pas rester sur le carreau et je vais retrouver un poste rapidement. Du provisoire qui dure, néanmoins.

Son père, avec son emploi, a perdu le contrôle sur sa vie et les événements. Sa mère règne sans partage sur la maison et la vie sociale, à grand renfort de chemins de table brodés et d'amples coupes en cristal emplies d'eau teintée où flottent des corolles de fleurs – anémones aux épais pistils noirs comme chargés de *mascara* ou renoncules d'Anjou pommées et chatoyantes – dont on la complimente dans ces repas faussement décontractés qu'elle organise deux fois par mois, durant lesquels elle ne manque jamais de *flirter* un peu – en tout bien tout honneur – avec les hommes présents. Être une femme au plein sens du terme, être une femme accomplie, c'est aussi ça. Elle n'en doute pas une seconde. Il faut savoir payer de sa personne pour acquérir et maintenir une position, et d'autant plus maintenant qu'elle chancelle.

Alors il ne reste plus à Solveig, désormais loin du jardin, qu'un seul royaume : son corps, et le strict contrôle de ce qui y entre et en sort. Surtout ce qui y entre. L'autre en soi, s'insinuant par effraction, dispute la place à la petite fille modèle et précoce, si sage et si obéissante. Pour vaincre cette possession, il faut rester sans épaisseur, idéalement sans chair et sans volume. Rester cachée, dissimulée sous le masque de la perfection, donner le change ; c'est facile, lorsqu'on possède comme elle, souveraine des apparences, cette formidable clairvoyance du fonctionnement des autres.

Elle ne mange pas, mais elle boit du lait. Presque deux litres par jour. Du lait entier.

Évidemment, elle est maigre. Trop maigre, dit le médecin de la famille. Sa mère lui donne des compléments vitaminés sous forme de tablettes à croquer.

Elle voit un psychologue une fois par semaine, mais sans beaucoup de résultats. Elle lui parle, et il considère que c'est déjà pas mal. Elle lui dit que d'ingérer de la nourriture solide lui fait horreur. Que l'idée de manger de la viande de bêtes mortes lui donne envie de vomir. Que d'imaginer qu'elle avale des légumes qui ont poussé dans la terre où l'on enterre les cadavres lui fait venir la nausée. Que de penser aux fruits qui sont gorgés des sucs suintants des corps pourrissants emprisonnés dans les griffes des racines des arbres lui file la gerbe. Que le fromage est obtenu avec de la moisissure et les yaourts avec de la merde de bébé. Que la mer n'est qu'un cimetière et que les poissons sont froids comme des macchabées. Que les crevettes bouffent les yeux des noyés.

Elle a du vocabulaire, cette petite.

Elle lui dit aussi qu'elle pleure quand elle voit, à la télévision, les enfants, les petits enfants qui meurent de faim. Qu'elle a mal, quand elle les voit avec leurs bras comme du bois brûlé, leurs jambes comme des cannes de vieillard et leur ventre comme des outres malsaines. Que l'Occident est un vampire qui suce le sang des habitants des pays pauvres, qu'elle ne veut avoir aucune part à cela. Qu'elle voudrait être une de ces plantes qui ne vivent que de trois gouttes d'eau et d'un rayon de soleil. Que la planète n'est qu'un charnier pourrissant, fardée telle une prostituée au dernier stade de la syphilis. Que sous la soie de sa robe, il y a des chancres et des escarres. Que des vers sortent de son vagin vérolé, qu'ils grouillent sous ses aisselles.

Elle a beaucoup d'imagination, aussi.

Le psychologue lui dit que tout cela est bien beau, mais que si elle ne reprend pas les cent grammes qu'elle a perdus depuis le mois dernier, il sera obligé de la faire hospitaliser, qu'elle sera nourrie de force, avec des perfusions. Alors sois raisonnable et fais un effort, ma petite.

Solveig fera un effort. Elle a déjà été internée une fois, et fera tout pour éviter de retourner chez les fols dingos.

Kevin devant le miroir. Il résiste à l'envie forcenée d'exploser entre ses ongles un bouton sur le côté droit du front. En ramenant un peu une mèche dessus, ça ira. Bon, j'suis pas mal, en fait. Pas d'acné, enfin presque pas – fait chier, fallait justement qu'il choisisse ce moment pour sortir, çui-là, enfin si j'y touche pas, samedi, il aura disparu ou presque – pas de point noir. J'ai bien fait d'écouter Jordy avec ses histoires de savon spécial deux fois par jour. Oui, j'suis pas mal, et ça devrait le faire avec Alison. Moins beau que Jordy, c'est sûr, mais pas mal. C'est sûr que les cheveux noirs comme lui, c'est plus classe, ça donne plus de personnalité que les blonds. Peut-être que je devrais me teindre les cheveux en noir ? Mais non, impossible, tout le monde se foutrait de ma gueule au lycée. Bon, j'espère qu'y aura pas d'embrouille avec les filles, ça s'rait con qu'Alison ait compris de travers et qu'elle croit que Jordy a parlé à Solveig juste pour la draguer elle. Oh non pas ça ! Quelle galère si j'suis obligé de me fader la *dark* et lui faire la conversation... Alors, comment c'était la dernière messe noire ? Il faudra me donner cette recette de jus de crapaud. Kevin rigole tout seul devant le miroir et se fait des grimaces. Mais non pas de problème, Jordy a tout combiné. Quand même j'en r'viens pas, qu'il ait fait ça. C'est vraiment cool. Qu'est-ce que je peux faire moi en retour pour être à la hauteur de ça ? C'est impossible. Comme le plus souvent, Kevin pense à Jordan avec admiration, il est envahi de ce sentiment d'admiration et il lui envie cette présence sur les choses et les gens, cette évidence qu'il semble avoir à disposer des autres, de tout.

Alison a fait coucher les petits, qui comme d'habitude avaient plus envie de faire les fous que de dormir, puis elle a aidé sa mère à ranger la cuisine. Elle a apporté spontanément, avant qu'il ne la réclame, une bière fraîche à Gérard qui regarde un film d'action à la télévision.

Puis quand sa mère s'est installée elle aussi dans le canapé, avec son tricot en cours, elle s'est attardée quelques minutes devant l'écran, a simulé un bâillement et annoncé qu'elle allait dormir.

C'est calme à la maison depuis quelques jours. Elle a envie de téléphoner à Solveig, mais il faudrait qu'elle demande la permission d'utiliser l'unique appareil qui se trouve dans l'entrée ; elle lui serait probablement accordée, mais assortie de quelques remarques peu amènes, voire de sarcasmes, et elle ne se sent pas d'affronter ça. Elle se sent heureuse, détendue. Et puis autant ne pas tirer sur la corde, cela risquerait de compromettre l'autorisation de sortie pour le samedi suivant. Alors elle va se brosser les dents et se laver le visage avec un peu de lotion astringente avant d'y appliquer une crème hydratante. En nattant ses cheveux pour la nuit, elle se contemple dans le miroir. Alison sait qu'elle est jolie, et que son teint frais et velouté n'est pas le moindre de ses atouts, alors elle en prend soin, se maquille très peu, à peine un trait d'*eye-liner* noir et un soupçon d'ombre à paupières d'un beige rosé. Pour samedi soir, sur les conseils de Solveig, elle en a acheté un aux reflets légèrement cuivrés.

Elle entre dans sa chambre à pas de loup pour ne pas réveiller sa sœur cadette qui dort déjà, elle n'allume pas la lumière, les volets de fer ne sont pas fermés et celle qui arrive par la fenêtre lui suffit pour se déshabiller et enfiler un ample *T-shirt* avant de se glisser entre ses draps frais. Elle place les petits écouteurs dans ses oreilles, et baisse le volume.

Call my name and save me from the dark

De son lit, elle peut contempler la petite étagère qui expose sa collection de fées, figurines représentant, vêtues de courtes tuniques, des femmes enfants, graciles et souriantes, dont les ailes démultipliées de papillons s'échancrent et se contournent en de fragiles arabesques saupoudrées de paillettes luisant dans le rayon de lune qui les baigne.

Save me from the nothing I've become

Elle imagine qu'elle les entend chuchoter, qu'elles parlent entre elles d'une princesse et d'un preux chevalier, prêt à tous les combats pour la conquérir, et sur ces rêveries, elle glisse dans le sommeil comme on entre dans le brouillard.

Breathe into me and make me real

Bring me to life

Plus tard dans la nuit, elle rêvera qu'elle est une de ces fées et que son héros vient la délivrer d'une menace vague mais prégnante.

Il te plaît, Jordan ?
Il est gentil.
Oui, mais est-ce qu'il te plaît ?
Il est gentil ; il me passe ses cours quand je suis absente.
Tu es sûre qu'il va venir avec Kevin ?
Bien sûr qu'il viendra avec Kevin. Inséparables, ils sont. Quand tu vois l'un, l'autre n'est jamais loin. Inséparables. D'ailleurs je me demande…
Tu te demandes quoi ?
Rien.
Rien quoi ?
Rien, des bruits qui courent…
Des bruits sur quoi ?
Rien. Laisse tomber, c'est des conneries. La preuve, ils veulent sortir avec nous.
La preuve de quoi ?
Rien, laisse tomber je te dis.
Tu crois qu'ils veulent sortir avec *nous* ? Peut-être Jordan veut sortir avec toi, et que Kevin il vient juste parce que c'est son pote et qu'il en a rien à foutre de moi.

Non, je crois pas. À mon avis, c'est exactement l'inverse.
Quoi, l'inverse ?
C'est Kevin qui veut sortir avec toi et il a demandé à Jordan de m'inviter pour que tu viennes aussi.
Pourquoi il ferait ça ? Il pouvait m'inviter lui.
Toi, tu l'aurais invité ?
Non, surtout pas !
Pourquoi ?
Et s'il me dit non ? T'imagines la honte ?
Eh bien c'est la même chose.
La même chose ?
Peut-être qu'il avait peur de se prendre un râteau, comme toi.
Tu charries. Les garçons, c'est pas comme les filles. Ils s'en foutent.
Tu te trompes, les garçons, c'est comme les filles.
Tu crois qu'il va vouloir m'embrasser ?
Je sais pas... Tu veux que je demande aux cartes ?
Arrête, tu m'fais flipper avec tes trucs.
Comme tu voudras...
Pourvu que tu aies raison, pour Kevin.
Oui, j'ai raison. Malheureusement.
Pourquoi malheureusement ?
Parce que ça veut dire que Jordan ne veut pas sortir avec moi.
Pourquoi tu dis ça ?
Parce que sinon, c'est Kevin qui serait venu te demander à toi pour le cinéma ?

Donc, il te plaît, Jordan ?
Faut que je raccroche, j'ai ma dissert' à finir...
OK...
Salut.
Solveig, attends !
Oui...
Si j'arrive à sortir ce soir, tu me les feras ?
Quoi ?
Les cartes...
Oui, à tout à l'heure. On s'appelle, de toute façon.
Il est trop beau, ce mec. Il me tue...
Tâche de survivre jusqu'à samedi. *Bye*.

Au cinéma, tout s'est bien passé. Les garçons étaient très en avance. Jordan a acheté les places avec l'argent que Czeslaw lui a donné, et il a filé le reste à Kevin pour qu'il puisse offrir *pop corn* et cornets glacés.

Dans la file qui s'est allongée, ils reconnaissent des élèves du lycée qu'ils saluent de loin – normal, séance du samedi à vingt heures – mais pas de vrais camarades, comme un membre du club de *kendo*, par exemple ; tant mieux, cela évite d'avoir à causer, voire à se mêler à un groupe, ce qui compliquerait la situation, et même pourrait tout faire foirer. N'empêche que lundi, à la récré de dix heures, tout le lycée saura qu'ils sont allés au cinéma avec Alison et Solveig, et les commentaires iront bon train ; surtout qu'elles sont arrivées au dernier moment et ont dû remonter toute la file sous quelques protestations et les petites plaisanteries – Tiens, voilà Malicia… – que provoque toujours le *look* de Solveig.

Durant l'attente, Jordan et Kevin – surtout Kevin – ont eu le temps de répéter dix fois la stratégie de placement qui conduirait les deux filles à s'installer entre eux deux et dans le bon ordre. Comme Alison et Solveig avaient combiné la même chose de leur côté, il n'y eut aucun cafouillage. Vers le tiers du film, Kevin a pris la main d'Alison.

Le petit groupe est sorti en dernier de la salle. Kevin sait qu'il est impossible de faire décrocher Jordan tant que le générique n'est pas complètement terminé.

Kev, la musique fait partie du film, y compris pendant le générique. C'est comme une transition, un sas de décompression avant de revenir vers la réalité.

Ensuite, ils sont allés manger des *hamburgers* et des *sundaes*. Solveig a réussi à en avaler la moitié d'un, à la vanille. Ils parlent du film, qu'ils ont apprécié, dans l'ensemble. Les garçons sont familiers de l'univers des *comics* dont il est l'adaptation, et ils commentent les différences avec la série originale, expliquent les tenants et les aboutissants de chacun des personnages, s'étonnent – ou s'indignent – de l'absence de certains d'entre eux. Angel est quand même parmi les tout premiers *X-Men*, pourquoi ils l'ont pas mis ? Parce que les scénaristes n'ont pas résolu ce que la BD passe sous silence : comment il fait pour ranger une paire d'ailes de quatre mètres d'envergure sous son blouson ! Si tu vas par là… Et la conversation se poursuit, animée, sur ce qui est vraisemblable et ne l'est pas dans la vie des superhéros… Plus tard, ils font par l'extérieur le tour du parc, fermé à cette heure, puis les garçons raccompagnent les filles. Jordan se débrouille pour marcher devant avec Solveig, qui a bien compris le manège et sourit quand elle voit du coin de l'œil Alison et Kevin échanger leur premier baiser, sans cesser de parler avec Jordan de leur prochain devoir de français.

Alors, tu es content ?
Je plane.

Jordan et Kevin sont assis sur les marches devant leur tour.

Je pensais pas que ça s'rait si facile.
Facile ?
Simple, j'veux dire. Que ça se pass'rait si simplement. Je balisais un max, tu sais.
Oui, je sais.
Et toi ?
Moi quoi ?
Ben oui, toi. Avec Solveig.
C'est plus la *dark* ?
Oh arrête. Je reconnais que je l'avais mal jugée. Elle est très sympa. Et Solveig, c'est un joli prénom. Pas aussi beau qu'Alison, mais très chouette aussi. Et change pas de conversation… Alors ?

Alors quoi ?
Ben elle te plaît ?
Écoute, Kev, j'ai fait tout ce que j'ai pu pour te faciliter le boulot avec Alison, non ? J'avais pas compris que ça impliquait que je devais embrasser Solveig.
Non mais je dis pas ça pour ça... Juste je voudrais que...
Tu voudrais quoi ?
Ben j'sais pas... Je veux dire qu'on a toujours tout fait ensemble, depuis toujours. Ça serait bien si...
Si quoi ?
Si on sortait au même moment avec une fille. Si on embrassait une fille pour la première fois au même moment...
Tu veux que j'embrasse Alison en même temps que toi ? Ça va être dur...
T'es vraiment con quand tu t'y mets, quand tu veux faire le con et que tu veux pas comprendre.
T'inquiète, j'ai compris.
Je sais que tu as compris. Alors ?
J'sais pas. Comment c'était ?
C'était... génial. Tu comprends, c'était pas simplement embrasser. C'est comme s'il se passait quelque chose de partout. On peut pas expliquer, il faut le vivre.
Je suis impatient de connaître ça...

Kevin est un peu désarçonné. Il est rare que Jordan se montre avec lui ironique de façon systématique, presque blessant ; mais il est heureux, et il ne veut pas de fâcherie.

Je pense que ça lui a plu aussi… Tu crois que j'embrasse bien ?
J'sais pas. Je t'ai jamais embrassé.
C'est parce que tu m'as jamais demandé…

C'est le tour de Jordan d'être étonné. Le second degré, c'est rarement dans le style de Kevin.

Pas la peine, j'suis sûr que tu embrasses très bien. Tu veux que je demande à Solveig ce qu'Alison en a en pensé ?
Mais t'es ouf, toi ? Et comment elle saura ça, d'abord ?
Tu peux être sûr et certain qu'elles auront la même conversation que nous en ce moment, si elles ne sont pas déjà en train de l'avoir.
C'est pas pareil, c'est des filles…
Tu te goures, les filles, c'est comme les garçons.
Si tu le dis… Tu dors chez moi ?
J'ai pas prévenu, et j'ai pas ma brosse à dents.
Je te prêterai la mienne, et ils vont pas s'inquiéter… Où tu peux être ?

Kevin passe son bras autour des épaules de Jordan.

J'ai pas sommeil, j'suis trop excité.
On va déranger ta mère…
Tu rigoles ! Elle a pris ses pilules, elle va en écraser jusqu'à midi au moins.
OK, ça roule.
Merci Jordy, chuchote Kevin à l'oreille de son ami.

Neuf heures du matin. La mère de Kevin prépare du café dans la cuisine. Elle pense qu'il va falloir demander à son médecin de lui prescrire autre chose. À peine six mois, et le somnifère est déjà moins efficace. Elle va jeter un œil dans la chambre de son fils. Dans la lumière oblique filtrée par les persiennes, malgré la largeur du lit, les deux adolescents dorment, encastrés, leurs torses nus rayés de soleil.

Elle reste plusieurs minutes à les regarder ; elle envie la tranquillité de leur sommeil.

On frappe doucement à la porte d'entrée.
Bonjour. Excuse-moi de te déranger si tôt, mais est-ce que par hasard…
Oui, ne t'inquiète pas. Il est là. Ils dorment encore.
Je me doutais bien, mais tu sais ce que c'est…
La mère de Kevin n'est pas sûre, non, de savoir ce que c'est.
Tu veux une tasse de café. Il est tout frais, je viens de le faire.
Les deux femmes échangent les dernières nouvelles de la cité autour des tasses fumantes. Très différentes, elles ont néanmoins développé une relation amicale, pleine de services rendus, de discrétion réciproque et de compréhension muette.
Il faut que je me sauve, Czeslaw va à la messe de dix heures et je ne veux pas que la petite reste seule. Venez

déjeuner. J'ai fait un gigot et du gratin et Czeslaw va rapporter un fraisier.
Je ne sais pas…
Allez, pas d'histoire, ça nous fait plaisir.
D'accord. À quelle heure ?
Midi et demi, ça te va ? Et réveille-les une heure avant, qu'ils aient le temps de prendre une douche tranquillement. Sinon, ils vont être grognons.

Kev, prête-moi un *T-shirt*, je ne peux pas remettre le mien…
Effectivement…Ben mon salaud, qu'est-ce que tu lui a mis.
C'est ça, oui… Qui c'est qui s'est essuyé le premier avec, hein ?
Je croyais que c'était le mien, j'te jure !
Vers deux heures du matin, après une longue conversation dans le noir. Ils se sont masturbés, chacun essayant de régler son rythme sur celui de l'autre, pour jouir ensemble, comme ils le font toujours. Mais il y a un bout de temps qu'ils n'avaient pas fait ça sans le support du film X mensuel sur la chaîne à péage.

Lundi matin, au lycée, la nouvelle n'a même pas attendu la récréation pour se répandre, l'attroupement devant les grilles avant que ne retentisse la cloche de huit heures puis l'intercours ont suffi : Cador et Police se sont trouvé des nanas. Ah oui ? Qui ça ? Elles sont dans quelle classe ?

Le cœur d'une vingtaine de filles se brise, pour quelques heures. Quelques garçons qui en pinçaient pour Alison, beaux joueurs, acceptent la situation en espérant que, peut-être, ça ne durera pas.

Alison est venue, seule, voir Kevin, chez lui. Elle connaît les lieux, elle est déjà passée quelquefois avec Solveig et Jordan, pour boire un Coca, regarder une série à la télévision, travailler sur un exposé.

Ils sont maintenant dans la chambre, doucement éclairée par la veilleuse de son enfance qui n'a pas servi depuis longtemps. Ils ne parlent pas, ou très peu. C'est le moment, ils le savent. Inutile d'en parler. Ils boivent au même verre un peu de porto chipé dans le bar du séjour. Ils partagent des cigarettes à la menthe. Ils ont tout leur temps. Surtout ne pas aller trop vite, résister à ce qui gronde à l'intérieur, à ce qui se rue dans leurs veines, dénouer sans à-coups ce qui serre un peu au plexus, desserrer sans brusquerie ce qui noue le larynx.

Entre chaque bouffée, un vêtement tombe, après chaque petite lampée de vin, un baiser est donné. À tout instant, un morceau de peau est touché par des doigts brûlants, embrassé par des lèvres qui sont velours et soie, léché par une langue qui est vent et fleur.

Alison est nue désormais, mais Kevin n'a pas encore retiré son *boxer* que tend sa verge qui vibre. Le jeune homme a encore la vague appréhension que son sexe est trop petit. Trop de films pornographiques, visionnés en compagnie de Jordan, avec des acteurs fortement membrés. Jordan, justement, dont la queue, au repos comme en érection, est – et a toujours été – plus épaisse et plus longue que la sienne, ce qui dans leur douzième année préoccupait tant Kevin qu'il insistait, parfois plusieurs fois par semaine, pour qu'ils sortent double décimètre et bouts de ficelle et se livrent à de nouvelles mesures, des fois que Kevin ait, en quelques jours, mystérieusement, rattrapé son retard. Une leçon de géométrie portant sur la relation entre diamètre et circonférence du cercle ayant trouvé là une application qui aurait étonné leur professeur de mathématique, débouchant sur un exercice concret ayant à tout jamais gravé le chiffre Pi dans leur mémoire. Jordan qui le laissait ensuite gagner au bras de fer, pour qu'il se rassure. Jordan qui un jour, avec brusquerie, n'avait plus voulu se prêter à cette comparaison. L'anatomie de Czeslaw, aussi, furtivement aperçue – puis guettée – quand il les emmenait à la piscine, entre huit et onze ans, et qui les avait tant impressionnés, voire inquiétés, qu'elle avait été l'objet de longues discussions et de supputations sans fin durant quelques semaines.

La sexualité se lit partout, et ne se parle nulle part, et on leur a déjà tout montré, même si on ne leur a rien dit ;

alors, les gestes techniques, ils les connaissent, même s'ils n'en maîtrisent pas certains. C'est d'autre chose dont ils doivent faire l'apprentissage, car ils découvrent qu'existe, au-delà du plaisir de ces gestes, un territoire inconnu, ou plutôt oublié. Une contrée qui leur a été familière, autrefois, dans la petite enfance. Un monde où les odeurs sont la première géographie d'un corps. Chaleur, humidité, relief, texture : tout est senteurs et parfums, qui font suinter les creux et se dresser les reliefs, s'ouvrir les plis et dilater les pores, venir l'eau en bouche.

Kevin et Alison ont perpétuellement faim des câlins qu'ils s'échangent depuis quelques semaines. Ils sont affamés de câlins. Toute cette tendresse qu'ils échangent est plus importante pour eux que le plaisir qu'ils se donnent. C'est-à-dire que ce plaisir, intense, ne serait rien sans la tendresse qui le précède, l'accompagne et le suit. Le plaisir appelle la tendresse. La tendresse convoque le plaisir. Leurs mouvements l'un contre l'autre, l'un dans l'autre, sont des invocations constantes. Leurs corps sont cris, feulements, murmures. La peau est un tambour où frappe le sang.

Kevin pense fugitivement à Jordan. Il se souvient qu'avec lui aussi, il n'y a pas si longtemps encore, il a connu ce bain d'odeurs, quand ils dormaient ensemble, serrés, emmêlés, mélangés. Avant le sommeil, après le réveil. Au temps où ils étaient indistincts. Au temps où il n'y avait pas d'explications à donner, de justifications à fournir, d'excuses à inventer. Que fait Jordy en ce moment ?

Alison et Kevin se sont endormis, enlacés. La veilleuse rose orangé dénature les couleurs des affiches et des *posters* fixés aux murs, groupes de *rock* et super-héros veillent sur le sommeil des adolescents. Dans le tiroir entr'ouvert de la table de chevet, les dix préservatifs – personne n'attend de toi une performance, mais on sait jamais – que Jordan a achetés et donnés la veille à Kevin reposent, eux aussi, dans leurs emballages, intacts.

Jordan est assis sur l'appui de la fenêtre de sa chambre, jambes pendantes à l'extérieur. Il fait nuit, il aime à s'installer là pour rêvasser. L'appartement est au vingt-huitième et dernier étage de la tour, et le garçon d'un seul coup d'œil voit l'ensemble de la cité. C'est une petite cité, deux tours, cinq barres. Une cité HLM tranquille, à la très lointaine périphérie d'une grande ville qu'il est difficile de rejoindre. Trois cents mètres plus loin, le centre commercial, avec son supermarché, ses deux salles de cinéma et ses boutiques qui tentent de se donner des airs de luxe. Puis le complexe sportif, sa piscine que jouxte le gymnase enserré par les pistes d'athlétisme. Plus loin encore, brillent les lumières du village, centre originel de la commune, qui se prolonge par le quartier de la Côte, en bordure du parc, le coin des pavillons et des villas, où vivait Solveig, avant ; à l'entrée du village, le lycée. Entre ces repères familiers, des terrains nus, en friche certainement hier cultivés. On dirait une de ces villes virtuelles du jeu *SimCity*, encore claires et lisibles, quand la partie vient de débuter et que le joueur en est encore à placer les éléments fondamentaux de l'organisation urbaine tout en surveillant du coin de l'œil les indicateurs essentiels : population, énergie, activités économique et industrielle, criminalité. On s'attend presque à ce que surgisse une de ces catastrophes – séisme, tornade, incident nucléaire majeur, monstre marin – prévues par les concepteurs du jeu et se déclenchant de manière aléatoire, perturbant la belle organisation et les sages plans de développement du joueur. Jordan regarde la ville, et voudrait avoir le pouvoir de déclencher à sa guise un de ces événements dramatiques. Le monstre marin, ça serait pas mal.

Petit, Jordan avait des accès de rage intense, alors sa mère le prenait contre lui et lui racontait une histoire, toujours la même, l'histoire d'un garçon coléreux qui s'emportait très souvent dans un *ranch* au pays des *cowboys*, là où les propriétés d'une seule famille peuvent être plus grandes qu'un département français. Ce n'était pas une histoire qu'elle avait inventée, mais une histoire qu'elle avait entendue, ou lue, peut-être dans *La Sélection du Reader's Digest*, et qu'elle enjolivait à sa manière de détails pittoresques ou qu'elle jugeait tels. Dans cette histoire, le père du garçon qui se mettait souvent en colère ne le grondait jamais, mais le considérait en silence avec tristesse. Le garçon voulait guérir de sa colère et demanda conseil à son père un soir qu'ils étaient assis sur une barrière en bois à contempler la lune qui se levait. Le père dit à son garçon que chaque fois qu'il serait en colère, il devrait planter un clou dans la barrière et qu'ils reparleraient de tout cela quand viendrait un jour entier sans qu'un clou ne soit planté. Au bout de plusieurs semaines, la barrière était couverte de clous, le garçon les regardait avec dégoût et désespoir. Plusieurs semaines passèrent encore, mais la forêt de clous ne s'étendait plus que lentement, de plus en plus lentement au fil des jours ; arriva enfin le soir où le garçon un sourire joyeux aux lèvres tendit le marteau à son père, lui disant qu'il avait réussi à passer un jour complet sans enfoncer un seul clou. Le père prit le marteau et lui donna en échange une paire de tenailles. Maintenant pour chaque jour que tu vivras sans te mettre en colère tu pourras ôter un clou de la barrière. Un hiver et un printemps s'écoulèrent avant que le dernier clou ne soit arraché et que le garçon apaisé puisse restituer les tenailles à son père, un soir où la lune éclairait les prairies frémissantes sous la brise des grands espaces. Le père, promenant lentement sa main sur le bois de la barrière, parla d'une voix douce. C'est vrai il n'y a plus un seul clou et je suis fier de toi, mais crois-tu que cette barrière soit la même que le soir où tu m'as demandé conseil ? Alors sous la lumière de la lune, près de la main rude de son père, le garçon vit les centaines de petits trous laissés par les clous arrachés, comme autant de minuscules cratères d'ombre. Il se sentit triste et misérable pour toutes les cicatrices qu'avaient laissées sur ceux qu'il aimait ses accès de colère aujourd'hui disparus. Il posa sa tête sur l'épaule de son père et pleura sous les étoiles. Son père le laissa pleurer un moment puis lui caressa les cheveux avec tendresse. Allons dormir, fils ; demain nous changerons le bois de cette barrière.

Jordan ne se met plus en colère, mais il est triste, ce soir. Il est souvent triste, ces derniers temps. Il est malheureux sans savoir pourquoi. Quelque chose de son monde qui se défait, se désagrège, qu'il voudrait pouvoir retenir. Une menace imprécise, une attente informulable. Et puis ces désirs qu'il ne veut pas admettre, qui le taraudent, le fouaillent, le démembrent. S'est effacé de son monde presque tout ce qui était continu, stable, solide.

Dans la sombre confusion de soi-même, comme ça serait facile, là, tout de suite, de se soulever sur les mains en appui sur le rebord de la fenêtre et d'entrer dans le vide. Juste une petite impulsion à donner, une contraction des avant-bras, à peine un mouvement. Cinquante mètres de haut, qu'est-ce que ça fait en gros ? Une chute de quatre secondes ? Peut-être cinq ?

Qu'est-ce c'est que cinq secondes ? Qu'une dernière attente de cinq secondes, au lieu de cette stase infinie, poisseuse, de cette combustion lente et douloureuse, de cette courbature perpétuelle de l'âme ? Ne plus avoir à porter le fardeau d'être soi et exploser au sol dans une étincelle sèche comme un pétard claque doigt dont il ne reste rien après qu'il a consumé, petit éclair joyeux et dérisoire, sa substance toute entière.

Sauter, donc. Non, même pas sauter, juste se pencher un peu, basculer en avant jusqu'à dépasser le point d'équilibre, déplacer son centre de gravité jusqu'à cette position irrémédiable où plus rien ne peut contrarier les lois de l'attraction universelle.

Jordan oscille d'avant en arrière. Où est-il ce point de non-retour ? Est-ce que je peux empêcher mes muscles de se contracter de façon réflexe ? Mes mains de s'agripper au dormant de la fenêtre ? Mes cellules, mes milliards de cellules, de hurler leur envie de vivre, de continuer à être vivantes. Est-ce que je peux vaincre le pouvoir de mes cellules de me maintenir en vie ? Peut-être qu'un don caché, endormi va se réveiller et se révéler à l'occasion de cette chute, comme chez certains mutants dans les Marvel Comics qui ne découvrent leur extraordinaire potentiel qu'à l'occasion d'un grand péril. Alors au lieu de tomber et de m'écraser sur le bitume, au dernier moment, je m'envolerai en faisant jaillir des rayons d'énergie cosmique au bout de mes mains tendues comme des lames. Bon, si je deviens un mutant, il va me falloir un costume. Un collant noir qui adhère comme une peau. Il faut qu'il soit luisant, que la lumière y joue pour donner à voir le dessin de chaque muscle, l'arrondi des deltoïdes, la largeur des pectoraux, les deux fois quatre abdominaux qui ondulent, le galbe des quadriceps affinant encore l'étroitesse du bassin. Des bottes en argent dont le haut se termine en flammes, comme le haut des gants eux aussi brillants tel du métal blanc. Voilà, juste deux couleurs, noir et argent, il faut rester sobre. Pas de cagoule, mais un masque noir, ou plutôt un masque cagoule qui laisse les cheveux libres de flotter dans le vent, avec à hauteur des yeux une bande d'argent. Partie intégrante du collant, un slip argenté échancré comme un Speedo.

Réflexion faite, il ne faut pas que gants et bottes se terminent en flammes, mais en cristaux. Les flammes, c'est le domaine de Kev. Moi je commande à la glace, et lui au feu. À nous deux, on va dégommer le monstre marin en moins de deux. Nos costumes sont identiques ou presque, on est comme des jumeaux. Moi, ce sont des cristaux, et lui des flammes qui ornent ses bottes et ses gants, et lui, ils sont dorés. Ils rutilent comme de l'or. Son Speedo aussi est en or. Son Speedo qui moule ses fesses hautes et fermes quand il vole, et on voit très bien le renflement devant, qui accroche et renvoie la lumière.

Jordan bascule.

En arrière, sur le sol de la chambre.

Il bande. Il ferme la fenêtre, se déshabille à toute vitesse, se glisse sous sa couette, se masturbe, envoie la sauce et s'endort.

Kevin est étendu sur le lit, et Alison sur lui. Dans la douce lueur de la veilleuse, les corps brillent de la sueur de l'étreinte. Le plaisir est venu, cyclone, *tsunami*, nova. C'est le moment des lentes caresses, de la langueur, des doigts qui courent, accélèrent, s'arrêtent, repartent, petits insectes explorateurs et infatigables. Il est toujours en elle. La coupe de ses mains habille d'un pectoral de chair aux arêtes vives les seins ronds et lisses. La femme est courbes, l'homme est angles, pense-t-il. Comme elle le fait se sentir homme… Une peur l'envahit. Ô, pourvu que jamais ces angles ne meurtrissent ces courbes ! Comme il serait facile que ces angles, par maladresse, par inadvertance, par étourderie ne viennent balafrer, entailler, ouvrir ces rondeurs. Il essaie de faire de ses mains des palmes, des feuilles, des pétales, qui prennent leur envol, frôlent le cou, jouent un moment avec les cheveux, et se posent, serments informulés, sur le visage.
Alison.
Alison.
Il ferme les yeux, mais une larme s'échappe néanmoins de la promesse enclose sous les paupières.

Alison frotte doucement son visage sous les paumes. Du bout de la langue, elle mouille les cals laissés par le *shinaï*. Son guerrier, son chevalier, son paladin. Elle embrasse avec ferveur les mains, baise une égratignure sur la phalangine du majeur, mordille les ongles courts. Ses lèvres glissent sur le champ de la main, descendent au poignet et s'arrêtent sur la fine ligne blanche, courte, qu'elle y a déjà remarquée, sans jamais poser de question. Qui sait combien de périls a traversé son héros avant de venir la délivrer ?

Huit ans. Ils ont décidé de devenir frères de sang. Première tentative avec une épingle qui perce le gras du pouce.

Ça ne va pas, décrète Kevin.
Pourquoi ?
Nos sangs ne se mélangent pas.
Si, regarde.
Pas à l'intérieur. Ça se mélange pas à l'intérieur.
C'est vrai, convient Jordan.

Le livre est très clair sur ce point, être frères de sang, ça veut dire que le sang de l'un coule dans les veines de l'autre, et inversement.

Comment on fait alors ?
Il faut couper vraiment.

Lame de *cutter*, mains qui tremblent un peu, visages qui pâlissent. Mais c'est fait, les lèvres des coupures aux poignets se touchent pour le baiser de sang.

Une fin de semaine sur trois ou quatre, la mère de Jordan et Czeslaw partent le vendredi soir pour ne revenir que le dimanche dans la nuit. Ils vont rendre visite à la petite Kasia, qui vit dans une institution spécialisée, loin. Théoriquement, le petit Jordan est pris en charge par la mère de Kevin, ce qui dans un arrangement tacite et amical, compense les jours où Kevin monte s'installer quelques jours dans la famille de Jordan. En pratique, les gosses sont assez régulièrement livrés à eux-mêmes, ses horaires de *week-end* et le calendrier lunatique de la mère de Kevin ne tenant pas forcément compte de telles contingences ; déjà bien beau qu'au moment des repas, ils trouvent quelque chose de consistant et de chaud.

S'il fait beau, ils sont dehors, seuls ou avec d'autres gamins du voisinage, jouant au ballon sur la pelouse devant la tour, sillonnant la cité sur leur planche à roulettes, complotant des bêtises d'enfants, vidant des querelles de mômes, se tenant à l'écart des plus grands, qui fument, crânes, assis sur les dossiers des bancs du square en bas des tours et qui leur feraient, peut-être, des misères.

S'il fait moins beau, ils sont chez Jordan, faisant leurs devoirs, regardant la télé, jouant à des jeux de cartes dont ils inventent les règles, s'affrontant sérieusement aux dames et en hurlant de rire au *mikado*, relisant sans fin leurs illustrés Marvel. Parfois, Jordan lit à haute voix, dans des éditions démodées, les aventures de Langelot, de Michel, ou d'Alice ; dans les dialogues, il prend des intonations différentes pour chaque personnage. Parfois aussi, Kevin s'endort en écoutant, la tête posée sur les genoux de Jordan, qui ferme alors le livre, et tâche de dormir lui aussi. S'il n'y parvient pas, il garde néanmoins les yeux fermés et ne bouge pas. Dans sa tête, il invente des histoires, pleines d'aventures palpitantes, de monstres féroces et sournois, de savants fous, de policiers impuissants, de périls galactiques et de super-héros en collant de couleurs vives, qui sous leurs masques ont ses traits et ceux de Kevin.

C'est lors d'un de ces longs *week-ends* que le Jeu a débuté. C'est Jordan qui en a eu l'idée, ou qui a commencé, sans doute, mais Kevin a suivi, et l'a réclamé, ensuite. Est-ce un hasard, une inspiration, une volonté, qui a fait que cet après-midi-là, où l'averse déployait, obscure, son ennui inlassable, le pinceau chargé d'aquarelle a laissé son sillage légèrement ondulé non pas sur la feuille de papier où l'attendait l'esquisse d'un véhicule de pompier laborieusement tracée, les sourcils froncés, mais sur la main qui plaquait cette feuille pour qu'elle ne gondole pas. Et voilà qu'un trait en rejoint un autre, puis un autre encore, que la couleur diluée recouvre tout, sans masquer le grain de la peau, les plis des articulations, les lignes de la paume, le bombé de l'ongle, et que la main se dresse enfin, écarlate, puissante, tantôt javelot et tantôt massue. Kevin veut lui aussi une main magique, une main transformée, une main de pouvoir et de force. Pour lui, elle sera bleue, bien entendu. Un bel outremer qui, même une fois délayé, sera la plus solide des armures.

Des mains, qui virevoltent, fusent ou planent, des traits d'énergie pure jaillissent, qui pulvérisent les super-vilains et font briller les yeux des garçons.

La fois d'après, ils ont recouvert d'aquarelle leurs bras, leur torse et leur visage. Puis pour le dimanche suivant, Jordan avait fabriqué des loups avec deux petits coupons de satin, et ils ont peint leurs jambes aussi. Comme dans la glace, Kevin a trouvé que son *boxer* bariolé de petits lapins facétieux faisait vraiment trop tache, il l'a retiré, pour saisir le large pinceau et terminer l'ouvrage. Jordan s'est trouvé con, avec son kangourou blanc et a fait de même. Ils ont ri, l'un après l'autre, quand les soies humides leur ont chatouillé les fesses. Kevin, tandis qu'il s'appliquait, la langue entre les lèvres, à badigeonner le postérieur de Jordan, a prévenu : si tu pètes, je te tue. Et, bien entendu, quand ça a été son tour de se mordre les lèvres pour ne pas trop pouffer sous le frôlement fluide du pinceau, il a lâché un vent sonore.

De nombreuses fois, ils ont revêtu leur tenue peinte à même la peau de super-héros, dans un cérémonial sérieux et scrupuleux, enrichissant le basique collant monochrome de motifs subtils, de graphes symboliques évoquant les pouvoirs qu'ils s'octroyaient pour ce jour-là, nécessaires pour affronter robots détraqués et créatures maléfiques échappés des laboratoires de scientifiques déjantés et mégalomanes, qu'ils traquaient au fond des penderies, sous les lits ou dans le four, ultime refuge de ces viles créatures ignifugées.

Puis venait le moment du bain, où dans l'eau violette changée trois fois, ils se savonnaient longuement et se rinçaient avec minutie, pour faire disparaître, dans le tourbillon mélancolique de la bonde, jusqu'à la plus petite trace de leurs exploits venant, bien qu'ignorés, une nouvelle fois de sauver l'humanité.

Les super-héros évoluent hors du temps, ils ne vieillissent pas et ont une existence toujours identique. Pas les petits garçons, même si certains mènent comme eux une double vie.

Le Jeu s'est terminé au moment où, contre l'avis des médecins, Czeslaw a sorti Kasia de l'enfer blanc où elle végétait pour qu'elle vienne s'épanouir parmi les siens. Pour le Jeu, il fallait du temps, de l'isolement, du secret, et ils n'en disposaient plus, du moins plus suffisamment. Il fallait aussi de l'innocence, or le temps de l'innocence se terminait, lui aussi, avec l'entrée en sixième. Ils avaient bien conscience, tous les deux, de ce que le Jeu avait de transgressif, et donc pourquoi il devait demeurer caché, à l'abri du regard normatif des autres enfants et de l'autorité répressive des adultes, mais pour eux, il n'y avait rien de trouble dans le Jeu, rien de tordu. Le Jeu était une chose mentale où le corps, presque inerte, ne servait que de support, de matériau. Mais arriva l'âge où les corps atones se réveillent du sommeil de l'innocence, l'âge où le Jeu aurait révélé une autre dimension. Donc le Jeu cessa et ne fut pas – en paroles, du moins – regretté.

Alison farfouille dans le tiroir de son bureau pour saisir, à l'aveugle, tout au fond, une trousse étroite dont elle fait glisser lentement le *zip* pour extraire, entre un portemine et quelques stylos, un petit canif qu'elle pose devant elle.

Elle regarde un moment le canif – il est vraiment tout petit – c'est un jouet, une babiole de quelques centimètres dont le manche de plastique imitant la nacre s'orne d'une lentille où l'on distingue, en s'approchant de très près, une minuscule photographie du *Sacré-Cœur* se détachant sur un ciel trop bleu.

Un jouet, dont la lame est, néanmoins, redoutablement affûtée. Alison s'en est occupé elle-même, avec une petite pierre à aiguiser, patiemment.

Ce soir, elle se contente de le regarder. Elle ne l'ouvre même pas. Inutile. Plusieurs semaines qu'il n'a pas servi. Elle n'en a plus besoin.

Dans les écouteurs du baladeur, sur quelques notes métalliques au piano, la voix cristalline et désespérée module sa plainte, *how can you see into my eyes like open doors leading you down into my core*, bientôt soutenue, renforcée, amplifiée par l'électricité glacée des guitares. C'est leur chanson, celle qu'ils écoutent le plus souvent, ensemble ou lorsqu'ils sont séparés. Ils connaissent les paroles par cœur, ils les ont traduites. Quand ils ont montré le résultat à Jordan, il a déclaré que c'était pas mal, mais peut-être trop littéral, trop scolaire et qu'il fallait essayer, à partir de ce premier jet, d'améliorer, faire en sorte que cela sonne bien en français, que cela soit poétique. Une après-midi, ils s'y sont mis tous les quatre, et Solveig s'est montrée plutôt inspirée et créative.

Ils font beaucoup de choses à quatre. Parfois Alison songe qu'elle voudrait un tout petit peu plus d'intimité avec Kevin, plus de moments à deux, et elle se demande si la relation qu'elle voit se construire entre Jordan et Solveig va lui en apporter ou si cela va être le contraire.

Son amie ne lui raconte pas en détail ce qui se trame entre eux.

Puis elle n'y pense plus. Son héros l'aime, et le lui montre, cela suffit.

Pour son anniversaire, Kevin offre à Jordan un Speedo métallisé, le même modèle en rouge vif que celui-ci a admiré en bleu sur son ami à la piscine deux semaines auparavant.

Tu es ouf, ça vaut une fortune ces trucs-là. Tu aurais dû attendre les soldes.
C'est ça, oui… Et me payer la honte de nager à côté d'un mec avec un vieux Speedo d'il y a deux ans avec les élastiques tout craqués ?
C'est vrai que le mien était au bord de rendre les armes.
Tu l'essayes pas ?
Maintenant ?
Ben oui, maintenant. Pas l'année prochaine !
Je suis sûr qu'il m'ira très bien.
Et si c'est pas le cas ? Je peux encore aller l'échanger.
On n'échange pas les maillots de bain, tu le sais bien.
T'inquiète. Je connais le responsable du rayon, c'est un pote. Il m'a dit qu'il n'y aura pas de problème si c'est aujourd'hui ou demain.

Jordan ne peut pas reculer, mais il tergiverse. Il sait ce qui va se passer. C'est déjà en train de se passer, ça a commencé pendant qu'il sentait sous ses doigts le crissement du tissu synthétique qui miroite. Et d'y penser, ça aggrave la situation au lieu de l'arranger.

Et merde. Ça n'a jamais été un problème. Pourquoi c'en est un maintenant ? Le problème c'est moi, c'est tout.

Rapidement, il ôte ses vêtements.

Inutile de se tourner, ça serait montrer que justement, il y a un problème, alors que ça n'en a jamais été un, jusqu'à présent.

Kevin se marre en le regardant ranger du mieux qu'il peut son pénis raide et gonflé sous le tissu serré.

Ben si j'avais su, j'aurais pris la taille 3, ou un bermuda, parce que là, c'est carrément classé X. Il va y avoir des évanouissements au bord du grand bassin.

Ça sera pas comme ça tout le temps. Et puis on n'attrape pas les mouches avec du vinaigre.

Comment on fait ? On leur donne un coup de gourdin sur la tête ?

Les deux garçons rigolent bruyamment.

Bon, Jordy mon pote, je dois filer, j'ai une course à faire pour ma mère.

OK. Merci, il est superbe. Je le garde sur moi.

De rien. Rendez-vous à six heures devant la piscine.

Ça marche. Merci encore.

En dévalant les escaliers, Kevin pense que peut-être Jordan devrait aller essayer ses maillots de bains directement au magasin. Il pourrait avoir tous les modèles qu'il souhaite. Non ça marcherait pas... Jordy, c'est pas un tordu comme moi.

Le soir, ils vont tous les quatre fêter ça en allant dîner dans un *fast-food* japonais. Kevin lui fait un second cadeau, le premier volume d'une anthologie en édition cartonnée de la saga du Surfer d'Argent ; Alison lui offre la bande originale de *Daredevil*, qui sort sur les écrans le mercredi suivant et Solveig un beau livre illustré sur l'histoire du *kenjutsu*, l'art du sabre pratiqué autrefois au Japon. Elle réussit à avaler un peu de riz blanc et de tofu, Alison ne prend que des *yakitori*, quant aux garçons, ils dévorent de tout, commandant plusieurs fois des portions de poisson cru.

Qu'est-ce que tu manges, Jordan ?
Des abricots secs.
C'est bon ?
Oui, très bon. Excellent, même.
Bon comment ?
J'sais pas, moi. Très bon, sucré et en même temps un peu acide.
Explique comment ça fait.
Que je t'explique ?
Explique comment c'est, ce que ça te fait, ce que tu ressens...

Jordan se détourne, il hésite, puis il saisit prestement un fruit dans le sachet ouvert et se le fourre dans la bouche, en jetant un regard en biais à Solveig. Puis il ferme les yeux. Une fois la bouchée avalée, il parle.

D'abord, c'est un peu froid, et ferme, résistant. Je sens les craquelures sur la surface, pas des craquelures, des rides plutôt. C'est très sucré aussi, au tout début, pendant quelques secondes, puis c'est un peu acide. Après, je le fais rouler sur la langue, contre les joues, et je sens qu'il se mouille, que la peau ridée se détend, qu'elle devient glissante, tandis que l'abricot gonfle un peu.

Solveig a les yeux mi-clos, et elle penche un peu la tête sur le côté droit.

Ensuite ?

Ensuite l'abricot est devenu tiède, je le presse un peu entre mes dents, contre la joue, de plus en plus fort, jusqu'à ce qu'il éclate.

Solveig se passe la langue sur les lèvres.

C'est comme une petite explosion douce, la pulpe se répand, la saveur est en même temps sucrée et acide, je malaxe cette espèce de pâte et son goût de miel envahit toute ma bouche, la langue me pique un peu ; ça devient une purée que j'avale lentement.

Refais-le.

Jordan prend un autre abricot, Solveig l'observe attentivement et il soutient son regard.

Dis-moi quand tu en seras à la purée.

Jordan fait durer un peu.

Ça y est.

Solveig se hisse sur la pointe des pieds et approche son visage de celui du garçon. Donne-le moi, dit-elle dans un souffle, en gardant la bouche entr'ouverte.

Jordan n'a qu'une petite hésitation avant de se pencher vers elle. Les lèvres se rejoignent et il fait passer la chair tiède du fruit imprégnée de salive dans la bouche de Solveig. Elle se recule un peu et il la regarde rouler avec précaution cette bouchée entre ses joues creusées que vient gonfler de temps à autre la langue qui joue avec la boulette, qu'il imagine se délitant peu à peu pour devenir bouillie, puis jus épais que l'adolescente laisse glisser dans sa gorge.

Tu n'as pas tout dit…

Comment ça ?

Tu n'as pas dit que c'était un peu granuleux au départ, et que ça pouvait fondre lentement.

C'est vrai, mais moi je n'ai jamais la patience d'attendre que ça fonde complètement.

Recommençons.

Elle prend un abricot et le place entre les lèvres du garçon, qui attend cette fois que le fruit soit presque liquide avant de se pencher pour le faire couler entre leurs lèvres jointes.

Encore, s'il te plaît.

Une demi-heure plus tard, le sachet est vide. Solveig va s'étendre sur le lit de Jordan et soupire profondément.

Elle vient d'absorber plus de calories que pendant les trois derniers jours.

Quelques minutes après, elle dort. Jordan ramène sur elle le couvre-lit en boutis que sa mère lui a confectionné pour son anniversaire puis s'installe à son bureau ; il a une composition de français à rendre dans deux jours.

C'est pour remplacer le Jeu que commença une autre activité. Bien que plus avouable, elle resta entre Kevin et Jordan une forme de secret, au moins dans sa finalité, car s'ils ne se cachaient pas pour l'exercer, ils ne montraient jamais le résultat de leurs travaux. Après s'être exercés durant plusieurs semaines à calquer sur papier blanc leurs super-héros favoris en scotchant les originaux contre les vitres des fenêtres, pour les recomposer après découpe dans des mini histoires de leur invention, ils réussirent l'un comme l'autre à tout d'abord copier à main levée les personnages des *comics* qu'ils affectionnaient, puis progressivement à s'affranchir des modèles pour croquer d'un trait ferme des silhouettes sorties de leur imagination. Ils apprirent seuls, en observant leurs illustrés, en se corrigeant mutuellement, à esquisser au crayon HB, à fixer l'ébauche au feutre noir – incliné de diverses façons pour varier son épaisseur – du trait final, à encrer l'ensemble avec des feutres de couleur avant de revenir au stylo noir placer les hachures qui marquent les volumes et ombrent les reliefs.

Dessiner n'était jamais le but en soi, mais le moyen de donner corps et support à des récits dont ils discutaient les moindres détails, avant de les mettre en cases et en planches.

Au fil des années, il y eut des dizaines de projets qui pouvaient les avoir occupés des semaines et des mois et qui pourtant restaient inachevés, abandonnés à la moitié ou au trois-quarts, car leurs progrès constants et réguliers leur faisaient juger d'un coup avec sévérité la tentative en cours, relever sans pitié les incohérences du scénario, son manque de maturité, ses impasses.

Czeslaw sent que Jordan ne va pas bien. C'est autre chose que d'habitude. Autre chose que cette distance que le garçon met souvent entre le monde et lui. Autre chose qu'une contrariété de passage. Tout à l'heure il a presque rembarré la petite Kasia qui cherchait un câlin. Presque, mais Czeslaw a vu l'effort que le garçon a dû faire pour retenir son mouvement d'humeur. Kasia dort maintenant. Son monde est conforme à ce qu'elle en attend. Mais pour Jordan, il en va tout autrement. Czeslaw voudrait aider Jordan. Il essaie de se souvenir de sa propre adolescence, mais il n'y arrive pas. Quelques images rescapées d'un film oublié. De toute façon, ce qu'il a vécu est trop différent, trop ailleurs.

Quant à parler, Czeslaw ne s'en sait pas capable, tous les mots qu'il connaît ne sont que des mots faits pour un monde de béton, d'engins de terrassement et de levage, de casques ; un monde brutal, sonore, empli de poussière et de martèlement, où il évolue, brute parmi les brutes. Pour parler à Jordan, il lui faudrait des mots de douceur, des mots de musique, transparents et légers.

Alors Czeslaw se lève du canapé, il ferme à demi les yeux, se compose un visage amorphe et commence à osciller lentement, tout en murmurant : Czeslaw est fatigué ; Czeslaw est trrrès fatigué... trrrès trrrès fatigué. Czeslaw saoul comme un Polonais. Il adore cette expression. L'amplitude de l'oscillation augmente, et chaque fois, Czeslaw semble sur le point de s'abattre de tout son long. C'est un jeu qu'ils avaient autrefois, lui et Jordan. Quand Czeslaw commençait à se balancer ainsi, en psalmodiant, le petit Jordan se précipitait sur lui, et s'arc-boutant contre le grand corps, faisait de son mieux pour empêcher sa chute, riant et hurlant de joie lorsque le colosse retrouvait son assiette puis de terreur quand il inversait son vacillement, l'obligeant à le contourner pour changer d'appui et enrayer son écroulement. Et le géant alors grondait : Oh oh Jorrrdan forrrt, trrrès forrrt, mais Czeslaw fatigué, trrrès fatigué... Quand le gamin n'en pouvait plus, exténué de le retenir, épuisé de rire nerveusement, Czeslaw s'affaissait sur les genoux, et le jeu continuait, dans cette position plus facile pour le garçon. Puis Czeslaw finissait par se couler au sol ou s'affaler sur le divan en chuchotant : Jorrrdan trrrès forrrt, Jorrrdan sauver Czeslaw et empêcher casser tête parrr terrrre. Et ils riaient comme des fous, l'enfant blotti contre le géant qu'il venait de sauver.

Czeslaw continue de se balancer, à l'extrême limite du déséquilibre : Czeslaw est trrrès trrrès fatigué. Perrrsonne pour sauver Czeslaw ? L'adolescent le regarde, sans bouger. Perrrsonne pour sauver Czeslaw… Czeslaw casser tête parrr terrre, alorrrs ?

Czeslaw se rattrape de justesse ; Jordan n'y tient plus et bondit le secourir. Mais il ne rit pas. Czeslaw est vraiment penché en avant et si le garçon ne le retenait pas, il tomberait, c'est certain. Jordan pousse de toutes ses forces et Czeslaw reprend son aplomb, mais c'est pour partir maintenant en arrière et le garçon à tout juste le temps de faire le tour pour le retenir. Jordan rit désormais, de plus en plus fort. Arrête, ce n'est pas drôle. Arrête je vais lâcher. Mais il ne lâche pas, orientant simplement vers le canapé l'effondrement, dans lequel il est entraîné. Jorrrdan trrrès forrrt, Jordan sauver Czeslaw encorrre une fois.

Non, je ne suis pas fort. Pas fort du tout, pas fort… La répétition se perd dans un sanglot suivi de pleurs. Il tente de se dégager, mais Czeslaw le retient contre lui, la main dans ses cheveux. Pleurrre encorrre. Les garrrçons ont le drrroit de pleurrrer. Pleurrre et laisse ton chagrrrin parrrtirrr avec l'eau de tes yeux.

Jordan pleure pendant de longues minutes, puis finit par s'endormir, la tête sur la poitrine de Czeslaw, qui attend que la respiration se fasse profonde et régulière pour se dégager lentement, le prendre dans ses bras et le porter dans sa chambre et le poser sur le lit.

Il s'assied au bureau, voile d'un *T-shirt* qui traînait sur le dossier de la chaise la lampe d'architecte et d'une grosse écriture ronde et appliquée, il trace en tirant la langue, au dos d'une enveloppe : *Demain tu emmènes tes amis au cinéma et tu offres des glaces*, avant de poser à côté un billet de banque.

Au moment où il va quitter la pièce, le garçon gémit en se tournant sur le côté. Czeslaw rabat sur lui un pan de la couette et souffle : Tu dois dorrrmirrr maintenant. Demain est un jourrr meilleurrr.

Solveig est dans son bain. Depuis deux heures. Quand il n'est plus assez chaud à son goût, elle fait couler de l'eau bouillante. Le reste du temps, elle est immobile, immergée jusqu'aux lèvres. Les bougies parfumées diffusent leurs arômes d'agrume et de cannelle, qui ont remplacé celle du cône d'encens éteint depuis longtemps.

Les yeux mi-clos, elle fixe sans les voir les pétales de roses qui dérivent lentement. C'est curieux comme ils ont tendance à se regrouper, par trois, quatre ou cinq. C'est comme les gens. Personne n'a envie de rester isolé.

Même elle qui n'aime rien tant que la solitude, elle fréquente Alison régulièrement. Est-ce qu'elles sont amies ? Et qu'est-ce que l'amitié ?

Quand Solveig a dû quitter son école privée pour rejoindre le lycée public, après quelques jours d'adaptation, elle n'était finalement pas mécontente. Elle a pu abandonner ses tresses et ses jupes sages pour un *look* plus personnel, elle a pu commencer à se maquiller un peu, chose que les bonnes sœurs n'auraient pas tolérée. Sa rencontre avec Alison s'est faite au hasard, celui de l'alphabet qui a placé leur nom l'un sous l'autre dans la liste des élèves de la classe durant le premier cours d'EPS où la prof n'as pas eu la patience d'attendre que se forment seuls les binômes pour un exercice au sol.

Au vestiaire, Solveig, n'a pas eu, comme à l'accoutumée, honte de se déshabiller sous les yeux d'une camarade, Alison n'a pas caché ce qu'habituellement elle fait de son mieux pour dissimuler. Et même une fois dehors, sans même que Solveig le demande, elle a tout raconté. Comme elle se coupe lorsqu'elle doute de sa propre réalité. Le haut de l'avant-bras, à l'intérieur, juste après le pli du coude, indifféremment à droite ou à gauche. Quand elle sent qu'elle n'habite plus vraiment ni son corps ni sa vie.

Elle explique comme elle ne s'entaille que superficiellement. La vue de son sang qui perle l'effraie et la rassure. Elle pense aux trois gouttes de sang annonçant la naissance de Blanche-Neige, cela jugule l'effondrement et son vertige. Elle dit, avec ses mots à elle, et toutes leurs hésitations, comment une fois la blessure épongée, elle se sent apaisée, restaurée, renouée. Rien n'est réellement désamorcé, mais le débordement qui menaçait a été contenu. Jusqu'à la prochaine fois. Dans quelques jours, parfois plus. Le compromis, qui sauve l'essentiel, n'a pas de durée déterminée.

Oui, nous sommes amies, décide Solveig, puisque je me soucie d'elle, et qu'elle se soucie de moi ; parce que même lorsque nous ne sommes pas d'accord, on ne se dispute pas. Puisque j'aime bien être avec elle, même lorsqu'on ne fait rien de spécial.

Avant elle, je n'avais pas d'ami… Et avant Jordan aussi.

Avant eux, le sentiment du lien n'existait pas, les autres étaient un problème à résoudre. Mais pas avec eux, et même avec Kevin, même s'il est un peu plus loin. Et l'esprit de Solveig remonte une nouvelle fois dans le temps, celui d'avant, de la jolie maison, et surtout du grand jardin qui lui manque. Un jardin qui était son apanage, où elle voyait moins les fleurs et les arbustes ornementaux qu'elle n'observait l'âpre lutte pour la vie, et la mort omniprésente, la petite mésange tombée du nid dépecée par les fourmis dans le même moment où des asticots crevaient son si léger duvet ventral ; le campagnol saigné par la belette, l'écureuil électrocuté pour avoir voulu ronger les fils électriques alimentant l'éclairage d'un petit réverbère de fantaisie, la sauterelle prise dans la toile de l'épeire, les limaces écrasées devant la porte du garage.

Encore un pétale isolé qui rejoint trois autres. Ils sont quatre maintenant, comme nous. Qu'est-ce que ça va donner, cette histoire ? Jordan est vraiment mystérieux, et incroyablement attirant. La plupart des filles en sont folles, et lui, on dirait qu'il s'en fout complètement, ou plutôt ne s'en rend pas compte. Il n'y a que Kevin qui compte pour lui. Et peut-être un peu moi, aussi. Il est toujours gentil avec moi et je dois être la seule avec qui il parle, et d'autant plus depuis que Kevin et Alison sont ensemble. Est-ce qu'il va me demander de sortir avec lui ? Où est-ce que c'est à moi de faire le premier pas. Il est peut-être simplement très timide. Comment peut-on être timide quand on a cette allure ? Quand à la piscine il sort de l'eau, tout le monde le regarde, enfin sauf Alison qui ne regarde que Kevin. Peut-être que je ne suis pas son genre, en fait. Il préfère peut-être les blondes. Où peut-être qu'il préfère... Tout le monde le regarde, avec ses maillots de bain incroyables, autant ne rien mettre. Pareil pour Kevin. Ils font de la provoc' en permanence ces deux-là.

Tandis qu'elle pense aux maillots de bains des garçons, à l'eau qui ruisselle sur leur corps, sa main descend doucement, dans la chaleur du bain, vers un endroit plus chaud encore. Elle ferme les yeux, pendant que les images tournent dans sa tête : dans une grande vasque de marbre noir, Jordan qui la rejoint et se penche sur elle, son slip de bain déformé... Elle se mord la lèvre inférieure pour ne pas crier lorsque le plaisir vient, puis son souffle apaisé, elle s'endort dans l'eau tiédissante.

Les parents de Solveig ont invité Alison à déjeuner ce dimanche. Sans appréhension, elles sont grandes copines, et Alison connaît le problème, et de plus la mère de Solveig a remarqué qu'elle fait un effort pour manger quand elle est en société.

Mais voyant Alison refuser de toucher aux gambas, elle s'inquiète. Elle sait que l'anorexie peut provoquer des comportements d'imitation et d'entraînement. Mais la jeune fille la rassure. C'est juste qu'elle est gravement allergique aux crustacés et qu'elle n'en consomme jamais.

Le docteur a même dit que ça pourrait me tuer. Elle se rattrapera sur le rosbif, promis. Solveig déclare d'un ton égal qu'elle l'a toujours dit : la nourriture, c'est mortel. Elle mange quand même quelques noix de Saint-Jacques à la crème.

Après le déjeuner, les filles ont, bien entendu, rendez-vous avec les garçons. Elles s'enferment trois quarts d'heure dans la salle de bains.

Kevin erre dans les allées qui se vident d'une grande surface spécialisée dans les articles de sport. Il a d'abord traîné dans le rayon des planches à roulettes, puis dans celui des patins, ceux dont les roues sont en ligne, pour s'informer avec envie des dernières innovations dans ce domaine. C'est sûr qu'ils en feraient, Jordy et lui, meilleur usage que les patauds friqués qu'ils voient, le dimanche, évoluer lourdement dans les allées du parc. Jordy et lui, ils ont la glisse dans le sang, ça c'est sûr. Mais il ne faut pas y songer. Peut-être pour son anniversaire, et en revendant les anciens. Mais c'est dans quelques mois, encore. D'ici-là il faudra se contenter d'un nouveau jeu de roues ; ils prendront la gomme la plus dure, cette fois, et un diamètre légèrement inférieur, pour gagner en accélération, et en précision dans les figures.

Insensiblement, ses déambulations, qui semblent tout à fait hasardeuses, le rapprochent en fait de la gondole des maillots de bain. C'est un vice, c'est sûr, cette passion qu'il a pour les Speedo. Deux fois qu'il vient, depuis la semaine dernière, entretenir sa convoitise pour un modèle de la nouvelle collection, d'un bleu intense avec des reflets métalliques. Dans sa poche, il palpe machinalement les deux billets qui pourraient lui permettre de satisfaire sa compulsion ; avec une légère mauvaise conscience, car l'un d'eux se trouvait encore, il y a quelques heures, dans le porte-monnaie de sa mère.

Impossible de songer à dérober l'article convoité, tous sont protégés par un antivol amovible qui ne peut être retiré que lors du passage en caisse.

Le responsable du rayon nautisme a remarqué le manège de l'adolescent. Ce n'est pas la première fois qu'il le voit. Kevin est beau, il a cette grâce qui, durant quelques semaines, parfois quelques mois, et rarement plus longtemps, illumine les garçons ; et l'homme est sensible à cette grâce, bien qu'il ne soit pas porté, habituellement, sur les jeunes gens. L'homme est seul, aussi. Sa dernière histoire s'est terminée voici trois mois, dans la douleur, et il baigne encore dans l'affliction. Son sentiment de solitude et de nostalgie aiguise ses perceptions et fait résonner en lui la beauté de l'adolescent, qu'autrefois il aurait notée sans la désirer.

Je peux te renseigner ?
Ben pas vraiment… Je regarde juste.
OK, on ferme dans quelques minutes, tu sais ?
Oui, je sais.
Mais prends ton temps, pas de problème, on t'enfermera pas dedans.
Sourire.

Euh M'sieur ? C'est quand les soldes, cette année ?
Rires.

Oula, tu as le temps… Pas avant juillet. Et c'est pas sûr qu'il en reste.

Kevin cherche une contenance en déchiffrant les étiquettes.

Tu hésites sur la taille ?
Non, c'est du 3 qu'il me faut. Le 2 est trop serré, maintenant.
Ça se porte serré, ces maillots.
J'sais pas, faut voir…
Normalement, on n'essaie pas les maillots de bains, mais pour toi, je peux faire une exception.
Ah ?
Oui… Pour un beau garçon comme toi…

Sourire à la fois un peu gêné, mais aussi flatté.

Tu veux les essayer, alors ?
J'ai plus le temps, ça va fermer…
T'inquiète pas pour ça. C'est moi qui fais la fermeture, ce soir. Va aux cabines, je te rejoins après avoir fait mon tour.

Kevin vient d'enfiler le Speedo en taille 3 quand il entend l'homme l'interpeller derrière le rideau.

Alors, comment ça se passe ?
J'ai essayé le plus grand.
Et alors ?
Ben j'sais pas…

Tu me fais voir ?
L'homme ouvre le rideau.

Pas mal… Mais je suis sûr que la taille 2 t'irait très bien aussi. Tu veux pas l'essayer ?
L'homme ne fait pas mine de vouloir refermer le rideau.

Il est séduisant, en fait, pour un quadra de quelques années. Ancien troisième ligne, il se contente désormais de soulever de la fonte plusieurs fois par semaine et de courir. Sous la brosse courte et déjà grisonnante, qui tire le meilleur parti de la calvitie naissante, son visage carré est franc et ouvert, seulement marqué par des rides d'expression ; le nez impérieux, brisé dans une mêlée et remis en place à la va comme je te pousse, présente une petite saillie qui pose sur l'ensemble une touche de fragilité, comme un appel à la tendresse. Il fait plus jeune que son âge, il le sait, et parfois en tire une petite vanité, rempart contre le regret du temps qui a passé trop vite. Seules ses paupières lourdes disent la fatigue réelle de sa vie, mais leur tombée, qui enfonce encore ses yeux, adoucit son regard.
Des yeux d'un bleu intense, soutenu, profond.
Sans le savoir, c'est à ce bleu que Kevin consent.
Kevin quitte le centre commercial désert par une porte de service. Contre le froid de la nuit qui tombe, il ajuste la capuche de son *sweat*. Contre son cœur, dans un

sachet en plastique, il y a le Speedo bleu métallisé. En taille 2. Il froisse un peu plus les deux billets qui n'ont pas quitté sa poche. Ce soir, il en remettra un dans le porte-monnaie de sa mère. Ce soir, accéder à lui-même n'est pas une épreuve, et le monde n'est plus un obstacle à franchir.

Deux semaines ont passé. L'homme n'a guère pensé à Kevin – il lui a demandé son nom juste avant de refermer sur lui la porte de service – si ce n'est fugitivement, comme un fragile et bref souvenir qu'il ne faut pas convoquer trop souvent, de peur de l'user.

Il profite d'un moment de calme avant la fermeture pour remettre de l'ordre dans les accessoires de plages. La sensation d'être observé le fait se retourner, pour découvrir le jeune homme qui tient devant lui un maillot de bain rouge.

Salut.

Salut. Je pourrais essayer celui-là ?

Le ton est brusque, mais l'homme y devine la gêne bien plus que l'agressivité.

Aucun problème. Tu connais le chemin.

Pourquoi faire des discours ? Cela ne pourrait que le mettre encore plus mal à l'aise.

À tout de suite…

Jordan et Solveig se voient régulièrement, désormais, presque aussi souvent que Kevin et Alison. Aux yeux de tous, ils sortent ensemble. C'est une équation parfaite dans son évidence : $J + S = K + A$; et comme il y avait avant $J + K$ et $S + A$, l'équivalence est acceptée sans plus de démonstration, application triviale de l'axiome qui veut qu'un jour on quitte l'amitié pour entrer dans l'amour.

Pour Jordan, les choses ne sont pas aussi simples, et il le regrette.

Après les abricots, ils sont passés à d'autres fruits secs, comme les figues et les dattes ; ont suivies les bouchées au chocolat, fourrées à la liqueur ou à la pâte d'amandes puis d'autres sucreries, nougats ou caramels très durs que Jordan amollit de sa salive et que Solveig vient chercher de la langue dans la bouche tiède. Leurs baisers ont la saveur des pâtes de coing, des fruits confits ou déguisés, des calissons, et plus récemment de pâtisseries qu'elle achète au hasard, pourvu qu'elles n'aient pas l'air franchement mou ou humide : financiers au cœur tendre, baklavas sirupeux, conversations friables, meringues qui s'effondrent en poussière sucrée, parts de pithiviers et de far, polonaises facilement écœurantes dont Jordan a demandé à Czeslaw s'il en avait déjà mangé.

Ce régime roboratif réussit à Solveig ; elle a pris quelques kilos à la grande satisfaction de sa mère qui trouve que ce grand garçon timide a décidément une bonne influence sur sa fille ; elle n'hésite donc pas à les laisser seuls à la maison, rédigeant leurs dissertations, révisant leurs verbes irréguliers en allemand, préparant leurs compositions. Ces activités studieuses expédiées, ils parlent, ou se taisent, écoutant la musique alternative qui constitue le principal de la discothèque de Solveig.

Une après-midi, elle annonce qu'elle doit prendre un bain. Il la regarde emplir à moitié la baignoire d'une eau brûlante, puis, à sa demande, l'assiste dans la tâche qui consiste à ouvrir dix briques de lait pour les verser dans la vasque. Elle le laisse terminer tandis qu'elle effeuille deux roses rouges au-dessus du mélange opalin puis allume quelques bougies parfumées. Amusé, il regarde les pétales flotter, petits radeaux sanguins tournant lentement sur eux-mêmes. Il est surpris lorsque s'éteint le plafonnier. Il se retourne. Solveig est nue dans la lueur dansante des bougies. Sa toison est d'un noir d'encre sur la peau blanche, triangle équilatéral dont la netteté géométrique l'étonne plus que l'audace et l'inconvenance de la situation.

Il s'écarte pour la laisser entrer et s'asseoir dans la vasque ; son contenu lactescent paraît sourdre de la chair même de la jeune fille.

Elle s'allonge et presse sur ses épaules et sa gorge une éponge d'un rose très pâle ; des filets blancs ruissellent, un peu de mousse se forme, la chair blafarde miroite, comme glacée, plus minérale que vive ; Jordan trempe le bout de ses doigts dans l'eau et constate qu'elle est très chaude, et non pas froide comme il se l'était figuré. Quelques pétales, fripés et assombris, se sont posés sur les bras de la naïade et l'un d'eux, plaqué sur la rondeur du sein semble une plaie, lésion franche et douloureuse, large morsure d'une sangsue de cauchemar.

Tu veux venir dans le bain ?

Jordan ne répond pas. La situation le trouble, la demande l'affole.

On est tranquille, mes parents ne vont pas rentrer avant plusieurs heures.
Viens. S'il te plaît… La voix n'est pas assurée.

Il se décide et ôte son polo, déboucle sa ceinture, dégrafe ses pantalons qu'il fait glisser après s'être penché pour ôter chaussures et chaussettes.

Soudain emprunté, il hésite et se détourne pour se débarrasser vivement de son boxer rouge. Son sexe le gêne, comme un élément qui viendrait perturber ce qu'il perçoit de la beauté de ce moment. Solveig le regarde entrer à son tour dans la baignoire ; les muscles plats, qu'aucune graisse ne sépare de la peau, prennent sous la lumière rasante des bougies des reliefs ombrés. Ses poils sont aussi noirs que les siens. Il s'assied en face d'elle, cherchant une place pour ses longues jambes qu'il glisse contre celles de Solveig. Avec son entrée dans le bain, le niveau de l'eau a monté, menaçant de déborder au moindre clapotis. Ils rient et ses gestes se font précautionneux ; enfin, ses mollets, ses chevilles et ses grands pieds trouvent leur place le long des flancs étroits de la jeune fille.

Ce qu'il faudrait, c'est partir.
Les quatre adolescents sont dans la chambre de Kevin. Alison se blottit contre lui, sur le lit ; dos au mur, menton sur les genoux qu'enserrent ses bras, Solveig est assise sur le bureau, Jordan s'encastre dans une chauffeuse, sac de tissu écru empli de billes de polyester.
Comment ça, partir ?
Juste partir. Aller ailleurs.
La fumée mêlée des cigarettes mentholées et du cône d'encens diffracte les derniers rayons du soleil de ce dimanche finissant.
Mais ça veut dire quoi, partir ? Ça veut dire quoi, ailleurs ?
Partir : Se mettre en mouvement pour quitter un lieu; s'éloigner.
Ailleurs : Dans un autre lieu (que celui où l'on est ou dont on parle).
C'est Jordan qui lit dans un dictionnaire.
Ça me paraît clair, non ?
Oui, limpide.
Est-ce qu'ailleurs, ça serait mieux qu'ici ?
Forcément, puisque ça serait ailleurs.
La fumée s'élève, droite, insensible.

Bon, si on allait au ciné ?
Voir quoi ?
Ben je sais pas, les *X-Men*, par exemple.
Ça fera jamais que la cinquième fois.

Il n'y a aucune ironie, aucune impatience dans la remarque de Solveig. C'est juste un constat.

Je crois que certaines subtilités du scénario ont échappé à Kevin.

Kevin qui jette un coussin à la tête de Jordan.

Les quatre adolescents se lèvent en même temps.
Puisque personne n'a dit non, ça veut dire que c'est oui.
On a assez de fric ? demande Jordan.
Oui, t'inquiète pas. Je peux même t'offrir un Magnum, répond Kevin.

Avec le responsable du rayon maillots de bain du magasin de sport, c'est en espèces que les abandons du garçon se négocient, désormais.

C'est la fin de l'après-midi, cela fait presque deux heures qu'ils sont concentrés sur leur grand œuvre, n'échangeant que de brèves paroles. Kevin le premier soupire, se lève et s'étire.

On n'aura jamais terminé à temps.
Je sais, on a fait à peine la moitié.
J'essaie d'aller plus vite, mais j'ai peur de tout saloper.
Non, applique-toi, c'est plus important.

Ouais, mais ça fait pas sérieux d'arriver avec un truc pas fini.

Je ne crois pas que c'est le plus important.

Comment ça ?

On n'aura que quelques minutes. Il pourra pas lire l'histoire en entier.

Tu crois ?

Oui, ce qui va l'intéresser – si ça l'intéresse –, c'est le concept, le graphisme. Il se décidera pas tout de suite de toute façon.

Il se décidera quand, alors ?

Plus tard, quand il regardera à tête reposée, et puis il va le montrer à d'autres personnes.

Il va falloir lui laisser, alors ? Ça craint. Si on se fait piquer notre travail…

Je pense qu'il faut investir dans des photocopies couleurs de bonne qualité. C'est pas donné, mais bon, faut ce qui faut.

Et on va trouver ça où ?

J'ai déjà repéré une boutique dans le centre commercial. Et pour un supplément, ils peuvent aussi la plastifier.

Ça rendra mieux, je pense.

Tu penses à tout, toi !

Nan, pas toujours. Je vais leur apporter une planche pour faire un essai et puis tu me diras ce que t'en penses.

Je te fais confiance. Et s'il nous jette ? 'tain l'angoisse.

C'est un risque à courir, comme pour tout. Bon, faut s'arrêter, là, sinon on va être en r'tard au *kendo*.

Les deux adolescents rangent soigneusement les planches A3 dans un grand carton à dessin que Kevin dissimule ensuite – plus ou moins – derrière le fatras qui règne dans le placard mural de sa chambre.

Sur la pelouse, les deux adolescents répètent leur *kata*. Plusieurs années déjà qu'ils pratiquent, moins un sport qu'un engagement, le *kendo*. Les filles, à distance, juchées sur le dossier d'un banc, les regardent.

Si leur professeur les voyait, ils se feraient sérieusement enguirlander, car, abandonnant leurs sabres de bois pour ceux en bambou, les voici maintenant lancés dans des assauts non codifiés et ils ne portent que le large *hakama* indigo et les *kote*, qui protègent les poignets et une partie des avant-bras.

Les amples pantalons s'évasant aux chevilles masquent le mouvement de leurs jambes et les deux garçons semblent plus glisser que marcher. Sous le soleil matinal, les torses luisent d'une sueur dessinant chaque muscle gainé de peau claire.

Des passants ralentissent le pas, ou s'arrêtent, subjugués par la chorégraphie, ses lenteurs et ses accélérations soulignées par les *kiai* rauques qui accompagnent chaque coup.

J'ai peur qu'ils se fassent mal.
Ne t'inquiète pas, il n'y a aucun risque. Tu vois bien qu'ils amortissent les coups.

C'est dangereux, ces bâtons.
C'est pas des bâtons ; ça s'appelle un *shinaï*.
N'empêche que... Tu entends le bruit que ça fait ? Ils y vont fort !

Solveig ne répond pas. Elle voit ce qu'Alison ne discerne pas. Le retour régulier d'un long cycle d'attaques, de feintes et d'esquives, inversés entre les adversaires à chacune des périodes. Combien de temps faut-il à deux personnes pour parvenir à une telle complicité, à une telle harmonie, que sa perfection même dissimule aux yeux des profanes ?

Pourquoi les garçons, il faut toujours qu'ils se battent ?
Ils ne se battent pas...
Ah bon, tu trouves que se donner des grands coups de bâtons, c'est pas se battre ? Qu'est-ce qu'il te faut ?
Ils ne se battent pas vraiment.
Et qu'est-ce qu'ils font, alors ? Ils font semblant ? Ils s'amusent ?
C'est plus sérieux que ça... Je pense qu'ils... dansent, ou plutôt qu'ils...
Qu'ils ?
Qu'ils communient.
Qu'ils communiquent ?
Oui, si tu veux...

Les deux garçons se saluent, puis s'assoient sur leurs genoux pour une méditation de deux minutes avant de revenir vers les filles. Ils ne sont même pas essoufflés. Ils boivent à grands traits aux grandes bouteilles en plastique qu'ils ont apportées, puis – c'est Kevin qui commence, c'est toujours Kevin qui commence ce genre de bêtises – s'aspergent mutuellement avec ce qui reste d'eau. L'indigo noircit en zébrures sous les aspersions. Lorsque les bouteilles sont vides, ils retirent leurs pantalons maculés. Les maillots de bains sont presque neufs, mais comme toujours, c'est le même modèle pour les deux, note Solveig. En rouge, et en bleu, comme toujours, aussi.

Les garçons ont enfilé *shorts* et polos, et rangé leur matériel.

Bon, alors on y va, à cette piscine, avant qu'il y ait trop de monde ?

La petite bande est, comme de coutume, réunie dans la chambre de Kevin. Les garçons sont silencieux, comme préoccupés, leurs attitudes sont pleines d'indécision, regards qui se croisent en de muets questionnements ou en quête d'approbation. Ils hésitent encore. Ils en ont parlé plusieurs fois pourtant, et ils étaient d'accord.

Kevin, bravement, se lance.

Les filles, on va vous montrer quelque chose…

Solveig n'aime pas quand l'un des deux dit les filles. Quand c'est de nouveau les filles par rapport aux garçons. Presque les filles contre les garçons.

Il faut promettre de ne rien dire à personne.

Il ne faut pas promettre, il faut jurer.

Les filles jurent tout ce qu'on voudra.

Gravement.

Du fond d'un placard, Kevin extrait un carton à dessin et étale son contenu sur le lit, sur le bureau, sur le sol. Dans un ordre précis. Jordan rectifie les alignements.

Les filles sont émerveillées. Sidérées.

C'est… magnifique, dit Solveig dans un souffle.

Sur le lit, sur le bureau, sur le sol, une quinzaine de feuilles au format A3 présentent les planches d'une bande dessinée dans le style de celles que les garçons adorent, celui des *comics* Marvel. Les encrages, où dominent le bleu et le rouge, sont puissants, hachurant les cases de contre-formes en noir et blanc, où scintillent en petites taches du vert et de l'orange, parfois un peu de jaune et de violet. Des teintes franches, entières, saturées. Il n'y a aucun texte dans les espaces prévus pour. Les grandes cases sont souvent coupées en diagonale, comme pour un récit qui se déroulerait dans deux univers séparés. Il y a des gros plans saisissants, des angles de vue inhabituels. L'ensemble dégage une grande force, qui serait presque de la brutalité sans l'harmonie indéniable.

Solveig essaie de comprendre l'histoire, mais n'y parvient pas. Deux super-héros semblent, chacun dans son monde, lutter contre un troisième personnage qui est certainement le méchant de l'affaire. Il y a plusieurs scènes devant un miroir, ou en symétrie l'une de l'autre.

Vous nous racontez ?

C'est Jordan qui s'y colle. Le héros est un jeune journaliste scientifique qui lors d'une visite dans un laboratoire a été accidentellement victime d'une expérience qui a mal tourné, conduite par le Docteur Janus Ménechm. Ce dernier, un savant génial mais avec une nette tendance à la sociopathie, tentait de faire émerger, en se bombardant à coup de rayon Gamma, la seconde personnalité qui, selon sa théorie, sommeille en chacun de nous.

Le jeune journaliste, un peu sonné, rentre chez lui. Le lendemain, en se rasant, il s'aperçoit que son reflet dans le miroir prend son autonomie, reflet qui est persuadé que c'est l'autre qui est son reflet. Chacun dans son univers va tenter, aidé par des facultés surhumaines provoquées par l'exposition au champ électromagnétique généré par l'expérience, de se réunir avec son double, tout en luttant – masqués et vêtus des inévitables justaucorps très moulants – contre le Docteur Janus, qui comprenant que son expérience n'était pas si ratée que ça, même s'il en est sorti salement défiguré, sombre dans une rage mégalomane. Bien entendu, il a lui aussi son costume, une toge avec capuche dans le genre vaguement empereur romain agrémenté de gadgets techno, et son masque, un orbe de verre noir et spéculaire.

J'ai pas tout compris, mais c'est complètement tordu, commente Solveig. J'adore. Alison acquiesce avec conviction.

C'est pas terminé. D'abord, on n'a pas écrit encore les textes et les dialogues, et puis l'histoire va être longue, avec une série de rebondissements.

Lesquels ?

Ben par exemple, on va découvrir que les doubles se sont partagés les qualités et les défauts. L'un est altruiste mais cynique, l'autre égoïste mais moral.

Attention, reprend Kevin, il n'y a pas un bon et un méchant. Ils sont différents, c'est tout.

Mais complémentaires, conclut Alison.

Vous devriez essayer de trouver un éditeur, suggère Solveig.

Ben justement, il faut...

Kevin consulte du regard Jordan, qui donne son assentiment silencieux.

... il faut qu'on vous parle... d'un projet !

Comme chaque fois qu'il doit s'éloigner de chez lui pour quelques jours, Jordan écrit une lettre.

Le plus terrible c'est ça, c'est de n'avoir pas dit ce que j'avais à lui dire, et que lui il ne m'a rien dit non plus. On a toujours des choses à se dire quand on doit se quitter pour ne jamais se revoir.

Dans les mois qui ont suivi le décès de son père, plus pour elle-même que s'adressant à son petit garçon, il entendait sa mère broder sur ce thème, en le berçant dans ses bras.

Une fois la lettre terminée, et l'enveloppe datée, adressée et cachetée, il la range dans le premier tiroir de son bureau, pour qu'elle ne soit ni mise en évidence ni dissimulée. Pour être sûr qu'on la trouvera, si jamais il lui arrivait quelque chose durant son absence. À son retour, il place le pli dans une boîte imitant un livre, rangée parmi les autres ouvrages de sa petite bibliothèque personnelle. Le faux livre contient déjà une petite dizaine de lettres. Il sait que tôt ou tard, elles seront découvertes, si un accident mortel devait survenir.

Dans la maison de Jordan, il y a de l'affection, il y a de la tendresse, il y a de l'amour. Il y a sa mère, attentionnée, souriante, compréhensive ; il y a Kasia, qui ne vit que de l'amour qui l'entoure ; il y a Czeslaw et ses cent dix kilos, bloc sans faille de bienveillance blonde, chaude et caressante.

Alors Jordan écrit.

C'est une longue lettre. Pleine de choses que l'on n'attendrait pas d'un garçon de quinze ans.

Mais le monde n'a en fait aucune idée de ce qu'on peut attendre, réellement, d'un garçon de quinze ans.

II

Dans sa chambre Kasia pleure et gémit, elle appelle son frère, quatre jours qu'il est parti avec ses copains ; il doit rentrer aujourd'hui mais sa mère se demande pourquoi il n'a pas donné de nouvelles depuis le premier soir où il a appelé pour dire qu'ils étaient bien arrivés et que la maison était géniale. Elle n'est pas vraiment inquiète, son lutin ne se mettrait pas spontanément dans les ennuis, mais il a pu leur arriver un problème. Elle a vérifié déjà deux fois partout qu'il n'a pas oublié le chargeur de batterie du téléphone cellulaire de Czeslaw qu'il lui a confié pour le cas où. Mais non, je me fais du mauvais sang pour rien, Jordan est raisonnable, tout va s'expliquer et on rira quand il nous racontera ce qui lui est arrivé. Peut-être le téléphone est tombé en panne ? Et si je passais un coup de fil à la maman de Solveig pour savoir si elle a des nouvelles ? Qu'est-ce qu'elle est maigre cette petite, c'est incroyable ; enfin Jordan et elle ont l'air de bien s'entendre, mais on n'a pas l'impression qu'ils sortent ensemble, jamais de gestes ou de mots quand ils sont en public. Jordan est tellement réservé. C'est bien qu'il ait rencontré cette petite, je le trouvais sombre ces derniers temps. C'est plus que réservé. Il est secret ; oui c'est ça, secret. Parfois c'est impossible de savoir ce qu'il pense vraiment et même je me demande si des fois il ne nous dit pas la chose qu'on veut entendre et pas celle qu'il pense vraiment. J'ai tort de me faire du mouron... Tiens je ferai un fondant au chocolat pour son retour avec de la crème anglaise. Peut-être je devrais donner un de ses calmants à Kasia. Ce n'est pas bien qu'elle se mette dans des états pareils ; vivement que Czeslaw rentre, il arrivera peut-être à la calmer un peu. Oui, avec de la crème anglaise et tiens pourquoi pas à la menthe la crème anglaise ? Non Kasia préfère l'autre et Jordan aussi, je crois, même s'il ne le dit pas.

***

Quand ils sont partis, il pleuvait à l'arrêt de bus, et plus tard, encore, à la gare. Solveig a dit que le ciel regrettait leur départ, mais elle a dit ça comme si elle avait dit il est dix heures et Jordan a pensé qu'en fait c'était peut-être elle qui regrettait ce départ. Kevin a répété à Jordan qu'il avait bien fait de prévoir d'emballer le carton à dessin dans une housse imperméable. Tout est organisé, ils vont dans la maison de vacances inoccupée d'un cousin du père de Solveig, au bord de l'océan. Pâques est tard cette année et ils auront beau temps, c'est certain. Il a fallu convaincre les parents pour pouvoir organiser cette escapade et cela n'a pas été aussi simple pour tout le monde. Il a fallu parler et expliquer pour Jordan ; parler et justifier pour Solveig ; parler et défier pour Alison. Kevin lui n'a pas donné d'explication ; il a juste dit à sa mère qu'il serait quelques jours avec Jordan ; de toute façon pour elle, qu'il soit deux étages plus haut ou à trois cents kilomètres, cela ne fait guère de différence, le plus souvent. Ils ont emporté tout l'argent qu'ils ont pu rassembler sans éveiller de soupçons ; argent de poche économisé, ponction sur les livrets d'épargne ouverts au baptême ; objets qu'ils ont cédés à des camarades dans une vaste braderie organisée depuis plusieurs semaines : propositions de vente, marchandages, promesses d'achat qu'ils ont concrétisées dans les tout derniers jours. Ajouté au viatique remis par les parents, cela fait une somme dont le montant à leurs yeux leur permet d'envisager sans inquiétude un futur dont de toute manière les contours sont très indécis. La maison prêtée n'est qu'une étape, un transit, un moyen de faire le premier pas qui leur donne un délai avant ce qu'ils ont prévu.

Ils arrivent dans la petite gare et là il leur faut encore attendre durant une heure trente un autocar qui les déposera à un carrefour d'où ils devront parcourir à pied environ cinq kilomètres avant d'arriver à la maison au bout de la grève. Ils mangent les casse-croûte confectionnés le matin puis Jordan, toujours pratique, a l'idée de mettre cette attente à profit pour faire quelques courses, comme ça ils n'auront pas à ressortir même si, dans la maison, ils savent qu'il y a des bicyclettes qui leur permettront les jours suivants de se rendre au village à deux kilomètres du carrefour ; donc sept kilomètres en tout ce n'est pas énorme mais faut quand même se les taper et peut-être les vélos auront besoin d'être regonflés avant. Quand ils arrivent enfin, c'est déjà le milieu de l'après-midi ; il fait très beau, le soleil est chaud et il n'y a presque pas de vent. La maison est petite, le bois de sa façade est gris très clair, velouté par l'air chargé de sel qui vient de la mer. *La mer comme une préface avant le désert* chantonne Solveig. La maison monacale dans la blancheur de ses murs chaulés leur plaît, y compris la petite fantaisie qui a consisté à incruster dans le plâtre à hauteur de la ceinture des coquillages : clams, bigorneaux, abalones, patelles, solens, pétoncles, vigneaux, en une frise nacrée de la largeur d'une main qui court de pièce en pièce, fil d'une Ariane marine et bienveillante.

Le tour fait, les sacs posés, les fenêtres ouvertes pour aérer et chasser un léger relent de renfermé, le frigo et le chauffe-eau mis en route, impatients, ils décident d'aller immédiatement se baigner, sortent les draps de bain des sacs, franchissent les palis que la dune a presque enterrés. Jordan, prudent, fait demi-tour pour prendre son portefeuille et celui de Kevin ; les filles ont les leurs dans les sacoches qu'elles emmènent. Il emporte aussi le carton à dessin. Il allonge le pas pour les rejoindre. La mer est à deux cents mètres en ligne droite environ ; il n'y a absolument personne sur la plage ; au loin un voilier immobile. Ils font une halte pour enlever leurs chaussures qui se sont emplies de sable. Zut fait Alison, j'ai pas pris mon maillot. Aucun d'entre eux n'y a pensé. Pas grave dit Kevin, y'a pas un chat. Ils se remettent en route au pas de course, riant de sentir sous leurs pieds la chaleur abrasive du rivage, soudain avides de l'immensité archaïque de l'océan. Kevin le premier arrivé arrache plus qu'il ne les ôte ses vêtements, saute hurlant sous la morsure gelée des petits rouleaux écumeux. Jordan le rejoint entrant lentement, laissant grimper autour de lui le filet de glace. Ils se poursuivent, s'éclaboussent, se grimpent sur les épaules pour plonger, faisant des plats qui résonnent.

Sur la frange des vagues, les filles hésitent ; c'est vrai qu'elle est très froide, alors elles se contentent de se laisser lécher les chevilles et les mollets par la langue acérée de l'eau. Les garçons viennent les chercher et tous les quatre se tenant par la main, ils pénètrent dans l'onde soudain silencieux et solennels comme pour une oblation, nagent sans bruit, s'enfoncent entre deux eaux, les cheveux ondulants pareils à des algues, des anémones, des calamars ; mais, vraiment, elle est très froide et les filles veulent sortir, les garçons les accompagnent jusqu'au bord puis reviennent nager un peu. Kevin n'en revient pas de cette eau qui le porte et le roule, si différente de celle de la piscine. Le sel, lui explique Jordan.

Ils sortent ; les filles enroulées dans les draps de bain les regardent approcher, tritons que le soleil éclaire de biais, le sexe recroquevillé par l'étreinte glaciale des flots. Elles les accueillent dans les tissus éponge tièdes, on sort des cigarettes mentholées. Kevin et Alison se câlinent emmitouflés, elle sent qu'il durcit contre sa cuisse. Jordan s'est drapé dans sa propre serviette, assis en tailleur, sur ses cuisses reposent les cheveux humides de Solveig qui fume les yeux mi-clos, sur son cou une veine palpite bleutée sous la peau claire.

Ils restent longtemps assis sur la plage. Solveig a dormi un peu ainsi que Kevin. Quand il s'éveille, il est toujours raide, il commence à caresser Alison. Jordan et Solveig ramassent leurs vêtements et s'éclipsent en disant à tout à l'heure.

Dans la maison Jordan et Solveig déballent leurs affaires. Jordan se demande laquelle des deux chambres plaira le plus à Kevin. Il n'y a que deux grands lits, Jordan devra dormir avec Solveig. Il n'a encore jamais dormi avec elle, mais ça ne pose pas de problème ; c'est mieux même, si un autre choix avait été possible, il aurait fallu en discuter et peut-être un malaise se serait installé. Jordan prend une douche et Solveig le regarde faire. Il se mouille puis coupe l'eau, le chauffe-eau électrique est petit il faut qu'il y ait suffisamment d'eau chaude pour tout le monde. Solveig le regarde se savonner la poitrine, les aisselles, les jambes, et quand il fait mousser son pubis, la mousse coule le long de la verge. Maintenant Jordan hésite, il voudrait se laver sous la peau comme Czeslaw lui a appris à le faire autrefois, mais il n'ose pas ; il ne veut pas non plus se détourner, il veut rester naturel sous le regard de Solveig. Il se décalotte et fait rouler sa paume onctueuse mais la pensée de ce qu'il est en train de faire avive la sensation et il se sent durcir, tant pis il continue, il se rince, dressé, et quand il coupe l'eau Solveig s'avance se penche et le prend dans sa bouche. C'est la première fois. Dans le bain ou après, elle se contentait de le masturber.

Kevin et Alison revenant de la plage sont accueillis par une douce chaleur dans la maison. Jordan a mis en marche un petit poêle en céramique verte. Il dit que demain, il faudra acheter un sac de charbon au village. Kevin et Alison vont se doucher et on les entend rire dans la salle de bain. Jordan a prévenu, attention, le chauffe-eau est petit, alors ils prennent leur douche ensemble mais sans doute ce n'est qu'un prétexte.

Tout le monde sort regarder le soleil se coucher. Ils sont un peu serrés sur le banc en façade de la maison, mais c'est bon d'être ensemble les uns au contact des autres chauffés par les derniers rayons juste avant que le soleil ne s'enfonce non pas dans la mer mais dans l'étroite bande de nuages à l'horizon sur lequel se découpe la silhouette d'un cargo. Un *tanker* plutôt, dit Jordan. Il doit être énorme répond Kevin. Entre eux deux il y a Alison dont la tête est posée sur l'épaule de Kevin à la naissance du bras et Jordan sent la main de son ami sur sa propre épaule.

Ils ont faim maintenant et Jordan propose de préparer le repas. De la purée en flocon et des chipolatas rissolées. Tous mangent de bon appétit, et même Solveig accepte d'accompagner son grand verre de lait de quelques cuillérées de purée parce qu'elle est d'un jaune très pâle. En entrée, elle n'a pas voulu toucher au pâté, mais a ôté patiemment la pellicule orangée d'un bâtonnet de poisson reconstitué parfumé au crabe pour qu'il soit bien blanc. Alison la regardait faire avec un peu d'envie ; elle apprécie l'odeur des fruits de mer, elle est sûre qu'elle aimerait ça si elle pouvait en manger. En dessert, Jordan a écrasé des bananes dans du lait sucré ; Solveig se force un peu mais ça passe ; elle a envie d'un abricot sec ou deux mais elle n'ose pas devant les deux autres.

La vaisselle expédiée, la soirée est encore jeune, mais Jordan dans ses explorations a découvert un placard empli de jeux de société désuets dont il faut découvrir les règles. Nain jaune, jeu de l'oie, *1000 Bornes*, dames chinoises, et petits chevaux dont ils disputent une partie acharnée que Kevin emporte de justesse devant une Solveig combative et tactique, à la lueur dansante de trois chandelles.

Dans les placards, il y avait aussi des confitures, des pâtés et des confits, et aussi une bouteille de très vieil armagnac.

C'est marrant ça, dit Kevin, le bouchon est intact, mais il en manque presque un tiers.

La part des anges, répond Solveig.

Pardon ?

La partie du volume d'un alcool qui s'évapore quand celui-ci est mis à vieillir. Normalement, ça se passe dans le fût, mais là je suppose que le bouchon a séché malgré la cire. Il aurait fallu ranger la bouteille couchée.

Mais comment tu sais ça, toi ?

Mon père, avant, était directeur commercial pour une grosse entreprise de spiritueux. Je l'ai entendu raconter ça des dizaines de fois à des invités ou clients qui passaient à la maison. Dans son milieu, c'est vraiment la tarte à la crème, cette histoire. Comme quoi ça viendrait de l'alchimie et des corps volatiles qu'on appelait comme ça, les anges.

Ah oué ? Parce que si c'était de vrais anges, ils doivent être ronds comme des queues de pelle... Vu la quantité qu'ils se sont sifflée, les salauds.

La bouteille est remise en place, couchée, et ils font les lits. Kevin a choisi la chambre en façade où l'on entend un petit peu plus la houle apaisante et lointaine. Les filles s'enferment dans la salle de bain alors les garçons sortent pour pisser et partagent une dernière cigarette sur le banc les yeux au-dessus de leurs genoux.

Pourquoi vous êtes partis ça aurait été cool de baiser tous les quatre sur la plage.

Je ne baise pas avec Solveig.

Ah bon, je croyais que c'était fait mais pourquoi ?

Je ne sais pas c'est compliqué.

Elle veut pas ?

Si je crois qu'elle voudrait bien, c'est moi.

C'est toi qui veux pas ?

Non je ne sais pas... Ce n'est pas que je veux pas, enfin je sais pas si j'en ai envie.

Tu sais pas si t'as envie ? Pourtant ce genre d'envie, ça se voit !

Justement c'est pour ça que je dis que je sais pas si j'ai envie.

T'es bloqué ?

Ça doit être ça, je suis bloqué.

Moi aussi j'avais peur la première fois.

Je n'ai pas peur !

Toujours aussi compliqué, Jordy.

C'est bien comme ça, ça me va.

De quoi tu avais peur la première fois avec Alison ?
De ne pas être à la hauteur.
La hauteur de quoi ?
Chais pas... La situation.
Tu fais vingt centimètre de plus qu'elle.
T'es con !
Je sais.
J'ai pas un gros kiki comme toi. Voilà, c'est ça qui m'angoissait.
Mais ça s'est bien passé ?
Oui super, tu le sais, je te l'ai déjà dit. Et toi, de quoi tu as peur ?
Je n'ai pas peur.
Si tu le dis…
Si en fait, j'ai peur de quelque chose.
De quoi ?
De lui faire mal… Avec mon gros kiki.
T'es vraiment con !
Deuxième édition !
T'es relou ! Il est pas si gros que ça, en fait.
Faudrait savoir ? Y'a deux minutes tu as dis le contraire.
Nan, j'ai dit qu'il était plus gros que le mien, c'est tout.
Justement, Solveig m'a dit qu'Alison lui aurait dit que…
Hein ?

Kevin met trois secondes à noter la commissure droite relevée de la bouche de Jordan qui invariablement est l'indice qu'il est train de le chambrer. Il éclate de rire et se jette sur lui le bourrant de coups de poings ; les deux garçons roulent sur le sable luttant et s'enlaçant en même temps. Voilà plusieurs mois qu'ils ne l'ont pas fait et ils savourent cette intimité retrouvée, cette proximité décomplexée de toujours. Jordan essaie discrètement de maintenir Kevin à une légère distance – il a peur que celui-ci ne s'aperçoive qu'il bande – et finit par le repousser gentiment.

Il faut y aller, elles doivent se demander ce qu'on fabrique.

C'est le moment. Dans leur chambre, il y a un grand lit et un petit pliant encore refermé que Jordan vient de découvrir sous la housse qui le protégeait. Solveig est déjà installée dans le grand ; choisir l'autre et ne pas la rejoindre est impossible, Jordan le voit bien. Il faut poursuivre ce qui a été commencé dans l'après-midi. Il apprécie Solveig, il souhaite qu'elle reste son amie, il ne veut pas lui faire de peine ; il sent que se soustraire maintenant à ce qui est en marche ne pourrait que décevoir gravement les sentiments qu'il lui prête à son égard. C'est trop tard, il fallait y réfléchir avant.

Avant de se laisser entraîner dans ces cérémonies sensuelles. Vouloir simplement satisfaire une curiosité ne peut être une excuse, une justification, une dérobade recevables. Il sait depuis longtemps que les actes engagent plus que les paroles et justement avec Solveig, il n'y a jamais eu de mots mais des gestes dont il mesure aujourd'hui la charge, l'engagement qu'ils représentent. La confiance qu'elle lui accorde, qu'il ne faut pas décevoir. Il mesure très bien qu'avant de le connaître, Solveig n'allait pas bien du tout et qu'elle va beaucoup mieux depuis qu'ils se fréquentent et s'explorent, et quelle responsabilité il a envers elle ; alors il éteint le plafonnier et à la lueur de la bougie qu'elle a allumée dans un verre se déshabille entièrement, vient se glisser sous les draps et les couvertures contre elle, nue et tiède.

Il reste sur le dos, elle se blottit contre lui de côté dans l'abri de son bras déployé. Les minutes passent dans la tranquillité de la nuit ; la maison de bois fait entendre ses petits craquements ; le vent gémit et bientôt il entend Kevin et Alison. Les bruits que font Alison et Kevin dans l'ardeur de leur désir ; les bruits bien qu'étouffés sont si présents dans le silence nocturne qu'ils font venir des images derrières ses paupières closes. Des images où il voit le dos blanc de Kevin onduler sur le corps d'Alison, alors le désir se lève aussi en lui. Doucement il se retourne et vient sur Solveig qui s'ouvre pour l'accueillir ; un moment il reste au-dessus d'elle – juste au-dessus d'elle – en appui sur les bras et les genoux, la frôlant avec son désir battant.

D'une main posée sur sa nuque, elle l'attire pour un baiser et de l'autre elle le guide pour le loger en elle.

Enfin.

L'enfance s'en va dans un petit tout petit filet de sang qui n'atteindra pas le matelas. Le drap suffit à l'étancher.

Le lendemain le ciel est dégagé ; il n'y a presque pas de vent. Les garçons sortent la table de bois aux pieds torsadés sur la petite terrasse cimentée devant la maison. Des élymes chétifs poussent dans les fissures du mortier, et dans un pot vernissé et craquelé un buis dont les feuilles jaunissent sur le pourtour survit tant bien que mal. Malgré le soleil le fond de l'air est frais car il est encore tôt. Devant les cafés au lait instantanés et les brioches en *pack* de six sous plastique, on frissonne, alors Alison va chercher les épais chandails repérés hier dans un coffre cintré. Une fois ouvert, il s'en exhalait une odeur résineuse un peu âcre.

Ils ont fouillé la maison de fond en comble la veille sans avoir l'impression de commettre une indiscrétion ou une indélicatesse mais comme on part à la découverte d'un nouvel univers, d'un monde vierge qui n'appartient encore à personne ou abandonné depuis si longtemps par ses occupants que l'on peut légitimement le revendiquer comme sien.

Les chandails sont faits main de grosse laine naturelle ; dans la brassée apportée chacun cherche sa taille avec quelque peine ; la plupart sont déjà amples pour les garçons alors pour les filles n'en parlons pas. Col roulé ou col cheminée fermé par une patte à bouton de corne ou d'os, tous présentent de grosses torsades, contre-torsades et godrons formant relief sur des losanges, des alvéoles rehaussées d'une nope centrale. Lorsqu'ils les enfilent, s'échappent des manches pour rouler sur la table ou au sol de grosses olives de bois d'un poli soyeux sous la pulpe des doigts, comme huilées. C'est d'elles qu'émane cette odeur de genièvre.

Du cade, contre les insectes et les mites, commente Solveig qui ne se lasse pas de manipuler un des galets en fuseau.

Il fait bon sous la laine écrue, crème, grège, bise. Les motifs modelés sont doux aux doigts qui les frôlent ou se posent sur les bras, les épaules. Solveig compte les doubles zigzags sur la manche de Kevin.

Celui-ci a été offert ou tout du moins tricoté au bout de sept ans de mariage.
Et comment tu le sais ?
Ce sont des *marriage lines*. Une par année.
Et ces carrés, là ?
Des près ou des champs séparés par des pierres sèches et remplis par des points de riz ou de blé.
Mais comment tu sais tout ça toi ? Encore ton père ?
Nan, ma mère, qui est dans un *club* de tricot pour bourgeoises désœuvrées.

Elle suit de l'index un motif sinueux à symétrie centrale sur le torse de Jordan.

Et celui-là a été fait pour un marin.
À cause du nœud ?

Ce n'est pas un nœud. Une rosace plutôt, qu'on appelle un arbre de vie. C'était pour protéger ceux qui partaient en mer.
C'était efficace ?
Pas toujours, malheureusement.

Les garçons ont sorti les vélos. Il n'y en a que trois, tous dégonflés ; avec une pompe à pied deux sont bientôt prêts à servir, mais la roue arrière du troisième se ramollit dès qu'on cesse de lui insuffler de l'air. En farfouillant dans la remise, ils trouvent rustines, colle, râpe en métal, dissolvant, démonte-pneus. Un fait-tout émaillé empli d'eau sert de bassine pour repérer la fuite. Bien entendu, Kevin ne peut s'empêcher d'asperger Jordan qui reste stoïque. Arrête de déconner sinon on va jamais s'en sortir et tout sera fermé quand on arrivera. Quand enfin la roue est remontée c'est pour découvrir que le dérailleur est grippé et faussé. Kevin fourrage dans ses cheveux, les ongles noirs de cambouis.

Tant pis on va se débrouiller avec deux seulement !
Ça va pas être commode pour rapporter les courses…
Ben faut faire avec ! On y retournera cet après-midi ou demain, si jamais…
Oui, on a le temps. Tout le temps qu'il nous faut.
Faut récupérer les horaires des cars.
Oui ! J'espère que ça se goupillera bien.
L'important c'est qu'il y en ait un suffisamment tôt qu'on ait pas à passer la nuit sur place là-bas.
Sinon c'est galère…

Pareil pour le retour.
Moins grave, au pire on peut faire du stop.
Du stop en pleine nuit, ça craint !
Ben on verra… Sinon on trouvera un hôtel pas cher.
Sûr que ça sera plus facile de ce côté.
Oui. On pourrait d'ailleurs faire ça aussi à l'aller.
On avisera… Ça sert à rien de discuter tant qu'on n'a pas les horaires en main.

Le trajet est simple, la route est plate et les filles sur les porte-bagages ne pèsent pas trop. Derrière les vitres de l'oriel de son salon une vieille dame les regarde passer. Un petit chien aboie en accompagnant leur passage derrière la haie du jardin qu'il protège. Le bourg est petit, quelques dizaines de maisons à deux étages et larges toits à double pan de tuiles rouges carrées dont les faîtes se terminent en hautes cheminées de pierre surplombant des façades aveugles. Deux cafés, une épicerie - dépôt de pain et de viande - droguerie - guichet postal. On y trouve aussi des colifichets, cadeaux à deux sous, sujets en biscuit relevés de paillettes et de touches de couleurs vives, baromètres et thermomètres sur des planchettes vernies acajou encadrées de laiton, bijouterie fantaisie.

Solveig et Jordan s'activent dans les rayons tandis que Kevin et Alison examinent sur le présentoir les joyaux en verroterie sous les coups d'œil en coin de la patronne. Il faudra faire un deuxième voyage pour le charbon, annonce Jordan revenant les bras chargés, on ne pourra pas le trimballer sur les vélos si on est quatre.

Ça peut attendre demain, de toute façon il en reste suffisamment pour ce soir.

Alors les jeunes, on est en vacances ?

Oui Madame, dans la maison des dunes.

Ah c'est vous ! Oui, on m'a dit qu'on y avait vu de la lumière hier. Vous êtes arrivés par le car alors ?

Exactement.

Je suis la petite nièce de Monsieur Michel.

Ah bien ! D'accord... Et comment va-t-il ?

Très bien, merci.

Et vous êtes là pour quelques jours ?

Oui, quelques jours seulement.

Vous avez de la chance, il fait beau et ça devrait durer un peu.

Vous connaissez les horaires des cars pour l'embarcadère ?

Pour les *ferries* ?

Oui.

C'est simple, sept heures dix-sept heures.

Et pour le retour ?

Départ du port à huit heures et dix-huit heures.

Rien après dix-huit heures donc ?

Et non ! Beaucoup de gens ont des voitures par ici. Chaque année d'ailleurs, on se demande si le car ne va pas s'arrêter ; c'est souvent qu'il fait le trajet à vide ; heureusement qu'il y a la subvention !

Solveig et Jordan devant les vélos répartissent de façon plus équilibrée les achats dans les sachets en plastique tandis qu'Alison et Kevin s'attardent dans le magasin.

Tous ensemble, ils vont prendre qui un chocolat, qui un café. Le chocolat est à l'eau, le café cuit depuis le matin sur une plaque chauffante, mais ce n'est pas grave, c'est chaud et c'est bon. Au comptoir en Formica écaillé rouge et jaune quelques hommes entre deux âges, le visage buriné, coiffés comme des désastres ; grosses chemises à carreaux sous des gilets de chasse qui semblent n'être que des poches assemblées ; larges pantalons de coutil d'un bleu passé enfilés dans des bottes en caoutchouc terreuses. Le verbe bas et la parole avare, ils boivent du vin blanc dans des verres en pyrex qu'ils font tourner entre leurs doigts épais. Au fond de la salle, dans un halo de fumée, quatre plus âgés jouent à la coinche. Ils font leurs enchères à voix feutrée sauf pour annoncer belote, rebelote, et dix de der, puis c'est le cliquetis des jetons qui s'échangent. Solveig suit des doigts les motifs de pommes, poires, noix, châtaignes à moitié dégagées de leur bogue sur la toile cirée légèrement collante marquée de ronds plus clairs et trouée de-ci de-là de brûlures de cigarettes. Eux-mêmes n'osent pas fumer en présence des adultes malgré l'invite du gros cendrier de céramique blasonné d'une marque de cognac.

Kevin et Jordan font une partie de fléchettes.

Brève car elles sont mal empennées et qu'aucun des deux ne réussit un score glorieux.

Le retour est erratique. Les sacs se fendent sous les angles vifs des emballages et le poids des courses secouées par les cahots. Petits agacements et éclats de rire.

On est cons, on aurait dû prendre des cabas ; j'en ai vu dans la remise des vélos.

Tant bien que mal les voici rendus. Le paquet de *corn-flakes* est éventré, le pain de mie cabossé, les fruits un peu talés, mais quelle importance ?

Et si on allait manger sur la plage ?

Aussitôt proposé aussitôt accepté.

Oui mais cette fois on prend un cabas !

L'eau est aussi froide que la veille. Les garçons résistent plus longtemps mais reviennent les lèvres bleuies. Ils se coursent et feintent sur la grève pour se réchauffer. En les attendant les filles ont disposé sur un drap de plage qui fera office de nappe le pique-nique improvisé. Le Coca secoué par le trajet en vélo jaillit en gerbe mousseuse. Solveig sirote son grand flacon de yogourt aromatisé à la vanille. Elle a apporté aussi des abricots secs mais on verra plus tard.

Deux cigarettes qu'ils se partagent les emmènent doucement vers un début de sieste.

À l'horizon se déroulent paresseusement des nuages emplis de pensées pluvieuses.

Ils vont se dissoudre en une simple panne mordorée.

Les sternes tournoient dans la lumière.

Une pluie s'achevant au lointain invente un arc-en-ciel.

Et au-dessus d'eux le soleil voluptueux exerce sa violence.

La plage et son espace ont remplacé le temps et la durée.

Cet éternel présent est, pour un moment, autre chose qu'une limite indépassable. Il n'est plus ce temps circulaire qui empêche, fige, claustre. Il est devenu un espace où évoluer est possible.

Ils ne sont plus effrayés d'être. Ou seulement moins, peut-être. L'infinie richesse du monde ne les interdit plus, et reste à l'orée de cette plage, ne cogne pas aux volets de cette petite maison. Il n'y a rien à quoi se comparer, se mesurer, s'affronter. Sinon eux-mêmes, et enfin ils se projettent sous une forme propice dans leur histoire à venir.

Ils sont ici ensemble, sous l'onction de leurs regards réciproques. Existant.

Il faut s'en souvenir.

Car c'est ici que tout se noue, que tout s'intrique et se mêle. Le moment où il n'est pas possible d'être séparé des autres sans être séparé de soi.

Au réveil personne n'a envie de retourner se baigner. Alison et Kevin commencent à se peloter alors Solveig et Jordan décident d'aller faire une balade sur la plage. Jordan enfile un *short* et Solveig se drape dans un *paréo*. Elle emporte les abricots.

À quelques centaines de mètres, sur la gauche, un amas de roches blanches forme une île de pierre sur l'océan du sable. C'est un but comme un autre pour une promenade à pas lents. Solveig se penche de temps à autre pour ramasser un coquillage vide mais la marée les a tous décolorés et ébréchés alors elle les rejette sans en conserver aucun. Leur blancheur la séduit mais Solveig aime les choses intactes ; tout ce qui est altéré, abîmé, corrompu réveille en elle les idées morbides qu'elle s'efforce de tenir à distance.

Heureusement, le dos pâle et les longues jambes de Jordan qui marche devant elle n'évoquent que la perfection des marbres antiques. Depuis qu'ils se connaissent, il est son antidote, mais il a aussi donné à son désespoir une saveur inédite. Il est là près d'elle mais elle sent qu'il est ailleurs et que contre ça, il n'y a rien à faire, rien à dire, juste prendre ce qu'il lui donne ou plutôt ce qu'elle lui dérobe avec son consentement tacite.

Dans les rochers amoncelés, une sorte de cuvette tapissée de sable dans laquelle ils s'installent, avec comme seul point de vue l'océan étal. Solveig sort un abricot du sachet et le place entre les lèvres de Jordan. Elle réclame sa becquée qu'il lui accorde appliqué mais absent. Le sachet vidé, elle s'endort contre son épaule, son *paréo* s'est dénoué, dévoilant les seins petits et fermes, les aréoles claires à peine marquées ; sur le gauche un grain de beauté brun.

Jordan suit des yeux au large le lent cheminement d'un *tanker* ; inlassablement, il ramasse une poignée de sable qu'il laisse ensuite filer entre ses doigts.

Lorsque Solveig se réveille Jordan a le bras ankylosé mais n'en laisse rien paraître. Il se relève pour découvrir que Kevin et Alison sont en train de plier bagage. Les deux groupes se mettent en route en même temps, convergeant le long des côtés d'un triangle isocèle dont la maison aux volets délavés est le sommet. Jordan jette des regards en biais sur les deux silhouettes. L'achèvement géométrique est trop admirable. Il sait exactement ce que Kevin a en tête, le tout est de déceler le moment où il va se décider. Ça y est, il vient de fourrer ce qu'il portait dans les bras d'Alison ; aussi quand il démarre au pas de course, Jordan s'élance avec une seconde de retard à peine.

Les foulées s'allongent, régulières, faisant voler le sable à chaque impact. Il faut régler son souffle pour être capable de fournir l'effort du *sprint* final. Le triangle n'était peut-être pas si parfait que ça après tout, car Kevin a quelques mètres d'avance. Il ne lâchera rien ; il saute d'un bond sur la table de la terrasse et en riant, danse sa victoire, triomphant devant Jordan beau joueur qui le félicite.

Kevin triomphant.

Et impudique.

Il n'avait pas remis son *short*.

La fin de l'après-midi s'écoule indolente. Jordan dans une chaise longue lit un polar corné trouvé dans une pile au fond d'un placard. Solveig fait des réussites compliquées *la loi salique, la forestière, la petite France*. Alison et Kevin sont partis en bicyclette pour une virée dans les alentours. Il est convenu qu'ils en profiteront pour rapporter un sac de charbon.

Il est romantique ton copain…

Ah bon ? Pourquoi tu dis ça ? Je peux penser à Kev d'un tas de façon mais pas vraiment dans la peau d'un romantique.

Tu n'as pas vu ce qu'Alison portait au doigt à leur retour de la plage…

Non je n'ai pas fait attention.

Il lui a offert un toi-et-moi.

Un quoi ?

Un toi-et-moi. C'est une bague avec deux pierres différentes. Là c'était un brillant et un saphir, enfin façon de parler parce que c'est du toc, bien entendu.
Et comment tu le sais ?
Parce qu'il l'a acheté ce matin à la boutique. Je les ai vus sur le comptoir.
Étonnant…
Enfin c'est très joli quand même. Étonnant que ça t'étonne ; je croyais que toi et lui… Enfin vous vous entendez si bien que ça m'étonne, moi, que tu puisses découvrir quelque chose sur lui.
Se connaître soi-même, c'est déjà difficile, alors quelqu'un d'autre.
Tu vas pas me sortir un cours de philo.
Désolé.
En fait, tu ne dis jamais rien de personnel ; enfin je veux dire de vraiment personnel. Oui, tu donnes ton avis, ton opinion, mais jamais rien d'intérieur.
Je ne suis pas sûr de comprendre.
Les choses que tu éprouves. Quelque chose qui soit de l'ordre des sentiments.
Et qui ça peut intéresser ?
Moi par exemple, ou Kevin.
J'ai pas besoin de dire des choses comme ça à Kev. On n'a pas besoin de parler de ça.
Pas besoin ?
Non.
Et pourtant tu découvres, aujourd'hui, qu'il est romantique…

C'est ton interprétation de son geste ; après tout c'est juste un cadeau comme on s'en fait souvent.
Et pour moi qu'est-ce que tu éprouves ?

Pendant toute cette conversation Solveig n'a pas cessé de poser des cartes d'en reprendre d'autres et elle continue en attendant la réponse de Jordan.

Pourquoi est-ce que tu compliques tout Solveig ?
Je ne complique rien, c'est déjà compliqué. Trop compliqué même, au contraire, je voudrais un peu de clarté.
Pourquoi il faut mettre forcément des mots sur tout ?
Parce que désigner, c'est faire exister.
C'est toi qui fais de la philo maintenant...
Tu vas pas t'en tirer en changeant de sujet...

Jordan rit.

Je le vois bien !
Alors ?

Alors je tiens à toi et je veux pas te faire de peine. Voilà. Rien de plus...

Mais rien de moins non plus. Je veux que tu sois heureuse.
Heureuse ?
Oui. Heureuse.
Je suis heureuse déjà, je crois...

Le soir tombe… Et si on ramassait du bois pour faire un feu sur la plage ce soir ?

Il y aura du vent et il fera froid.

Et bien on prendra des couvertures.

Le bois collecté sur la grève dans l'or sanglant d'un coucher de soleil frangé d'outremer parfois crépite chassant l'humidité de son cœur en petits geysers de vapeur et d'escarbilles. Les garçons ont partagé une bière, Solveig en a pris une gorgée. Emmitouflés dans des *plaids*, ils parlent de tout et de rien. Des détails du voyage du surlendemain, de l'enchaînement des horaires. Il reste un grand flou sur comment ils s'y prendront une fois sur place. Les flammes courbées par le vent encrent leurs visages d'ombres mouvantes.

Ça se passera bien j'en suis sûr. Dès qu'il aura jeté un œil sur les dessins, il va vouloir en savoir plus et on pourra lui parler.

Encore faut-il réussir à l'approcher…

C'est pas la reine d'Angleterre ! Il y a une séance de signature. Il y aura plein de gens c'est certain, mais il suffit d'être patient ; on fera la queue comme tout le monde.

Oui, il y a trois heures prévues pour ça.

Trois heures de queue !?

Mais non, t'es bête… Trois heures de signature.

Tant que ça ? Il est très âgé maintenant, ça me paraît beaucoup.

Alison s'en fout un peu, tant qu'elle est avec son héros. Elle somnole sur son épaule. Le feu s'éteint lentement, les braises rougeoient, des lambeaux de cendre impalpables s'envolent, tournoient et disparaissent dans la nuit. Il est temps d'aller se coucher. Précédé des deux autres, Kevin porte dans ses bras jusqu'à la maison Alison enroulée dans le *plaid*.

Les salutations du soir sont brèves ; cette journée au grand air les a assommés. Alison refuse de sortir de son sommeil et se laisse déshabiller par Kevin.

Dans leur chambre, Solveig et Jordan s'endorment encastrés comme des petites cuillères. La jeune fille maintenant au creux de son ventre la main du garçon.

Il est tôt lorsque Jordan s'éveille. Il sait qu'il ne se rendormira pas. Il se lève doucement, rassemble ses vêtements qu'il enfile dans la cuisine en se préparant un café instantané puis il sort et s'installe sur la terrasse, le mazagran brûlant entre ses paumes. Le vent est tombé. Il termine sa boisson et marche en direction de la mer.

Assis en tailleur sur le sable froid, Jordan fait tourner entre ses doigts un bois flotté piqueté de mille trous. Il est calme alors que, peut-être, il devrait être en colère. Il se sent piégé dans quelque chose qu'il n'a pas voulu, mais il ne s'est pas mis en colère depuis longtemps.

Tellement absorbé dans ses pensées, il n'entend Solveig que lorsqu'elle vient s'asseoir près de lui.

Dans leur dos le jour arrive et en quelques minutes l'opacité grise se retire de la mer comme une nappe qu'un poing de géant ferait glisser depuis l'horizon.

When darkness turns to light
It ends the night

Approprié je dirais, mais pourquoi tu changes les paroles ?
Je ne change pas les paroles…
Si. Ça dit *it ends tonight*.
Tu es sûre ?
Oui.
C'est pas toujours facile à comprendre ces chansons.
C'est vrai.
Mais ça veut dire quoi ?
Cela se termine ce soir.
Qu'est-ce qui se termine ?
Ça, je sais pas, la chanson le dit pas.
Au moins ma version à moi avait un sens.
Plutôt trivial…
J'aimais bien cette idée de faire rimer nuit avec lumière…

Et puis je crois, alors, qu'on dirait plutôt *it's end the night*.

Le soleil du matin réchauffe leur dos. Jordan propose d'aller vite fait au village chercher des croissants.
Je te prendrai des yaourts nature, il n'y en a plus.
Rapporte aussi des bananes, c'était très bon ton truc.
Et du lait aussi. Franchement je l'ai pas trouvé terrible, le truc en poudre d'hier. Faites du café.

À l'épicerie Jordan rafle les derniers croissants bien qu'ils aient piètre allure et achète aussi un gâteau marbré sous vide. Les bananes ne sont pas assez mûres mais ça fera l'affaire.

Son retour est salué par des exclamations joyeuses et enthousiastes. La table de la terrasse est dressée. Dans un verre un petit bouquet composé d'une branche de lilas de mer encore en bouton et de deux pavots cornus fait frissonner l'harmonie doucement contrastée de ses couleurs. Le marbré est dévoré en quelques minutes tandis que Solveig croque les bulbes torsadés des petites meringues industrielles que Jordan a rapportées pour elle.

Si on faisait une fête ce soir ?
Une fête ?
Oui un truc spécial.
Spécial comment ?

Chais pas on achète des trucs un peu classe à bouffer et une bouteille de champagne.

Kev, tu sais bien que tu tiens pas l'alcool !

J'ai pas dit se saouler. Un verre ça ira bien, histoire de célébrer.

Oui c'est une bonne idée.

OK. Jordy et moi on ira faire des courses en fin d'après-midi et vous vous préparerez une belle table.

Admirable répartition des tâches, les hommes à la chasse et les femmes à la caverne !

Charrie pas, Solveig. Si tu veux aller faire les courses, c'est pas un problème.

Non c'est bon. Alison ça te va ?

Oui. pas de souci.

Super ! Jordy et moi, on fait la vaisselle et après, hop ! Tous à la plage. Vous les filles vous préparez les sacs, OK ?

La matinée au bord de l'eau est la répétition de celle de la veille, languissante et langoureuse mais dynamisée par l'eau froide qui se laisse apprivoiser.

Demain ils partent passer la journée à Londres où se tient une convention des Marvel Comics. Le fondateur sera là et les garçons comptent avoir l'occasion, sous prétexte de faire dédicacer un recueil, de lui présenter leur travail qui, ils en sont persuadés, ne pourra manquer de l'intéresser s'ils réussissent à le lui montrer.

À partir de là, selon eux, tout devient envisageable, même les rêves les plus fous.

Tout est combiné depuis plusieurs semaines, l'argent mis de côté. Une sortie du lycée prévue en fin d'année a été l'occasion de faire signer à leurs parents une autorisation de sortie de territoire et d'obtenir un passeport.

Demain est la journée de tous les possibles. Demain peut commencer la vie. La vraie.

Les garçons sont au village, examinant d'un œil critique et circonspect les produits proposés dans les rayonnages. Le champagne, ils l'ont déjà choisi, rosé dans son habillage vieil or.

Du pâté de foie gras ?
Oui, s'il est pas bourré de conservateurs et de colorants.
Il faut du pain de mie alors…
Tu as vu un grille-pain toi ?
On se servira du poêle.
Du jambon cru italien, c'est pas mal ça ?
Oui. Il faut trouver aussi quelque chose qui conviendra à Solveig.
Quoi par exemple ?
Tout ce qui est blanc.
Regarde, il y a des fromages blancs en faisselle.
Oui, c'est bien ; je vais lui prendre de la pâte d'amande aussi.
Et de la chantilly ?

Sur le chemin de retour les vélos avancent paresseusement dans la lumière oblique et dorée de la fin de l'après-midi. Kevin pioche sans relâche dans un sachet de *chips* chinoises achetées en guise d'apéritif en plus d'un mélange sucré salé exotique – en tout cas c'est ce que prétend l'emballage. C'est pas des *chips* c'est des espèces de beignets dit Jordan. Peu importe a répondu Kevin, c'est drôlement bon.

M'est avis que c'est de la chimie pure…
M'en fous chadore cha !
Parle pas la bouche pleine mal élevé !
Oui M'chieu.
Fais goûter…
Tiens.
Même le goût de crevette, doit être du total arôme de synthèse.
J'adore.
Je vois ça… Tu as presque fini le paquet !
T'inquiète pas, j'en ai pris deux. Bon, allez, on se grouille un peu, faut pas se faire attendre.

À peine Kevin est-il descendu de son vélo qu'Alison l'enlace et cherche sa bouche pour un de ces longs baisers dont elle ne semble jamais se rassasier.

Elle se plaque de plus en plus étroitement contre lui cherchant son souffle.

Un souffle qu'elle semble avoir du mal à trouver, se raidissant entre ses bras si fortement que le garçon en est presque effrayé et encore plus lorsque dans un spasme elle devient poupée de chiffon, s'écroulant lentement au sol entre des mains affolées qui tentent d'amortir cet affaissement au ralenti.

Kevin agenouillé se sentant subitement lourd et gauche soutient comme il peut le buste qui ploie, cherchant à protéger le visage d'Alison.

Visage marbré de rouge autour des lèvres bleuies.

D'où s'échappent dans un soupir quelques mots.

Solveig et Jordan qui se sont approchés, inquiets eux aussi, entendent distinctement avant que la tête ne bascule.

Définitivement.

Sur le côté.

Breathe into me
Bring me to life

Autour de la maison les gyrophares de l'ambulance qui s'éloigne au ralenti, du camion de pompier et de la voiture de police projettent leurs folles lueurs vives en un ballet désynchronisé. La grève est comme une piste de danse abandonnée et crépusculaire.

Un bloc sur ses genoux plaquant d'une main les feuillets que le vent soulève – il n'ose pas utiliser son dictaphone dans le silence qui l'entoure – le médecin légiste prend des notes pour son rapport.

Choc systémique. Hypersensibilité immédiate due à la libération de médiateurs vaso-actifs chez un sujet au préalable sensibilisé. Effondrement brutal de la pression vasculaire. Le sujet une jeune fille de quinze ans est décédée d'un choc anaphylactique extrême. La substance allergisante est entrée au contact de la muqueuse buccale lors d'un baiser profond échangé avec son partenaire habituel alors que celui-ci venait de consommer un aliment contenant l'antigène ou l'allergène – *vérifier*, il écrit entre parenthèses mais en soulignant – à savoir des extraits de fruits de mer.

Il défroisse le paquet qu'il élève dans la lumière pour déchiffrer – *shrimps* – crevettes, écrit-il entre parenthèses avec un point d'interrogation.

***

On ne peut changer ce qui est advenu, mais on pourrait en changer le sens, n'est-ce pas ?

Mais ils ne le savent pas.

Dissous dans leur détresse, ils pourraient mourir… Seulement ils ne connaissent pas la mort, ils la voient comme un passage, non une disparition, une restauration, pas une destruction.

La mort moderne, bien que foisonnante dans la virtualité – dessins animés, *comics*, jeux vidéo, films d'action, journal télé – est absente de leur réalité.

La vraie mort, celle qui déchire, n'est pas de leur univers.

***

Il n'a pas voulu assister aux funérailles. Pour lui c'était impensable cette idée d'assister aux funérailles d'Alison. Aller à la cérémonie religieuse puis se rendre au cimetière en cortège. Se rendre au cimetière pour voir le cercueil descendre dans le trou et entendre le bruit de la terre que l'on jette dessus. Le petit choc mat des paquets compacts qui heurtent le bois puis roulent sur le couvercle. Il n'est jamais allé à un enterrement alors il ne sait pas que cela ne se passe pas ainsi. On ne voit pas la glèbe, recouverte d'une bâche verte comme un champ stérile autour d'une plaie opérée. On n'entend pas les mottes cogner sourdement car on attend que tout le monde soit parti pour combler l'excavation avec un petit *bulldozer* prévu à cet effet – c'est vraiment un tout petit *bulldozer*, rouge, on dirait un jouet – les seuls bruits que l'on entend sont les pleurs étouffés. Le pépiement des oiseaux. Une rose lâchée touchant la bière vernie.

Le saurait-il, cela changerait-il quelque chose ?

Call my name and save me from the dark

Save me from the nothing I've become

La chaine *hi-fi* répète sans trêve leur chanson. Pour l'instant il est assis sur le lit dans la chambre de sa mère. Elle a tenu à se rendre à l'enterrement et il ne sait pas pourquoi elle a fait cela. Elle qui d'habitude fait si peu d'effort pour manifester son appartenance à la communauté des vivants. Il y pense et se pose la question mais il s'en fout. Il y songe seulement parce qu'il n'y a pas d'autres pensées dans sa tête. Enfin si. Il y en a une énorme qu'il veut tenir à distance mais c'est impossible, c'est trop gros, trop envahissant, trop présent, impossible d'y échapper, comme il lui est impossible de détacher son regard du tiroir entr'ouvert de la table de nuit.

Mais il ne peut y avoir pour lui aucun dérivatif, aucun substitut. Tout est dérisoire, tout est effacé, rien ne peut résister au poids de sa douleur.

Et sans doute on n'aurait pas dû le laisser seul en de pareils moments.

Mais, parce qu'il est seul alors qu'il ne devrait pas l'être, il n'y a personne pour l'empêcher de tendre la main, de saisir le pistolet. D'en appuyer le canon sous son sein gauche.

Là où il a tellement mal.

frozen inside without your touch

C'est un petit calibre, le coup ne le projette pas en arrière comme au cinéma. Non. Kevin simplement se tasse et s'affaisse puis bascule sur le côté.

À son retour sa mère le trouvant-là croira, pendant quelques secondes, qu'il s'est endormi, et même elle l'enviera de savoir trouver le repos dans ces circonstances.

Avec la musique qui joue si fort.

Quelques jours ont passé. En apparence tout va bien et demain Jordan doit reprendre le lycée s'il ne veut pas compromettre son année.

Il termine une longue lettre. Scelle l'enveloppe qu'il laisse en évidence sur son bureau. Sa chambre est rangée. Impeccable. Assis sur l'appui de la fenêtre, les yeux mi-clos, il regarde la course d'un nuage dans le bleu du ciel.

Le bleu.

Il y a dans la chute un éclair merveilleux, celui de l'ébauche d'un essor où disparaît la gravité du monde, mais si bref, et suivi de si près de l'inéluctable, qu'il laisse derrière lui l'espoir informulé d'être soulevé, hissé, emporté.

Mais il n'y a pas d'assomption.

Et le corps disloqué sur le bitume gris bleuté, Jordan présente aux cieux indifférents – qui oserait dire inclléments – sur son visage intact le sourire amorcé de son espérance.

Après une fausse couche à dix semaines.

Et trois mois passés dans la géhenne ouatée des fols dingos, Solveig s'éteint, fleur brûlée par le givre du petit matin.

Pour un mètre soixante neuf elle ne pèse plus que vingt-huit kilos.

Dans sa main serrée comme une griffe une grosse olive de cade dont elle n'a jamais voulu se séparer.

*
***
*